陈小奇 王晓丽 主编

荔乡诗韵

王晓骊

山西出版传媒集团

山西人民出版社

图书在版编目（CIP）数据

荔香诗韵 / 陈小奇，王晓丽主编. -- 太原 ：山西
人民出版社，2024．10．-- ISBN 978-7-203-13608-8

Ⅰ．I227

中国国家版本馆CIP数据核字第2024FT1007号

荔香诗韵

主　　编：陈小奇　王晓丽
责任编辑：魏　红
复　　审：刘小玲
终　　审：李　颖
装帧设计：李　敏

出 版 者：山西出版传媒集团·山西人民出版社
地　　址：太原市建设南路 21 号
邮　　编：030012
发行营销：0351 – 4922220　4955996　4956039　4922127（传真）
天猫官网：https://sxrmcbs.tmall.com　电话：0351 – 4922159
E – mail：sxskcb@163.com　发行部
　　　　　sxskcb@126.com　总编室
网　　址：www.sxskcb.com

经 销 者：山西出版传媒集团·山西人民出版社
承 印 厂：晋中市精工文印有限公司

开　　本：787mm×1092mm　　　1/16
印　　张：20.75
字　　数：180 千字
版　　次：2024 年 10 月　第 1 版
印　　次：2024 年 10 月　第 1 次印刷
书　　号：ISBN 978-7-203-13608-8
定　　价：98.00 元

东莞市黄江镇总工会荔香诗社
简　　介

荔香诗社诞生于著名的荔枝之乡东莞市黄江镇，2016年9月24日正式成立。时光荏苒，转瞬间荔香诗社已走过了8个春秋。现有会员一百多人。

成立之初，社名为"黄江荔香老年诗社"，社员为50岁以上的中老年人，他们是来自各行各业的诗词爱好者。

随着形势的发展，诗社的品牌越来越响亮，黄江镇文联与黄江镇总工会领导高瞻远瞩，审时度势，结合上级关于加强精神文明建设及丰富职工群众文化生活的重要指示精神，整合、扶持原"黄江荔香老年诗社"，组建了具有黄江荔枝文化、具有职工特色的"黄江镇总工会荔香诗社"（简称荔香诗社）。

多年来，每逢6月蝉鸣荔熟时，一年一度的荔香诗歌音乐会就会如期举办。这是荔香诗社的重大节日，品荔枝、吟荔诗、唱荔歌、跳荔舞，充分体现了荔香诗社的地域特色，弘扬了黄江的荔枝文化。借此平台，荔香诗社结交了五湖四海的诗友，并通过"走出去，请进来"相互交流学习，使诗社的影响进一步扩大。

近年来，诗社在社长陈小奇的领导下，各种活动丰富多彩；在总顾问王晓丽的指导培训下，诗词整体创作水平有了质的飞跃。目前在出版诗集《荔香老年诗选》《宝山诗韵》的基础上，诗社又编辑出版了《荔香诗韵》诗词集。

2017年1月，荔香诗社第一个迎春晚会

2017年3月，荔香诗社华阳湖采风

2017年12月，荔香诗社揭牌仪式

2018年1月,荔香诗社联合采风

2018年1月,荔香诗社迎春晚会

2018年2月,荔香诗社为村民写春联

2018年12月,荔香诗社《宝山诗韵》新书发行活动

2019年1月,荔香诗社陆河采风

2020年1月,荔香诗社新年文艺晚会

2020 年 5 月,荔香诗社在荔枝园活动

2020 年 6 月 23 日,荔香诗会文艺沙龙活动

2020 年 9 月,荔香诗社原创作品朗诵会

2020 年 9 月,荔香诗社从化采风

2020 年 11 月 18 日，王晓丽老师诗词讲座

2021 年 9 月 12 日，荔香诗社在五联村采风学习

2021 年 6 月，荔香诗社社旗制作完成

2021年10月,荔香诗社罗浮山联谊采风

2021年10月,荔香诗社参观东江纵队纪念馆

2021年10月,荔香诗社五周年庆典活动

2021年11月,荔香诗社横沥采风活动

2021 年 11 月，荔香诗社梅塘蝴蝶地采风

2022 年 4 月，荔香诗社活动

2022 年 6 月，荔香诗社"诗意仲夏夜，荔香乐悠扬"草地诗歌音乐晚会

2022 年 7 月,荔香诗社厚街采风活动

2022 年 9 月 2 日,荔香诗社"诗歌颂华诞,金风乐悠扬"秋之韵诗歌音乐会

2022 年 9 月,东莞市诗联协会诗词创
作基地在荔香诗社挂牌仪式及座谈会

2022 年 11 月,荔香诗社光明虹桥采风活动

2023 年 4 月,东莞诗人黄江采风行

2023 年 6 月,"盛夏之约,荔韵飘香"第五届荔香诗社草地音乐诗会

诗社 风采

2023 年 9 月，『迎国庆 贺中秋』暨荔香诗社成立 7 周年庆祝活动

2024 年 6 月，"荔韵飘香，诗影飞扬"东莞市诗词楹联学会黄江分会荔香诗社成立暨第六届荔香音乐诗会

鶯歌蝶舞戲苍丛
景美清幽古寺雄
瀑落飞流潭起浪
惊看石瓮出芙蓉

宝山石瓮出芙蓉 卫兆元诗并书

卫兆元诗书

诗社 风采

陈小奇联　谢玉清书

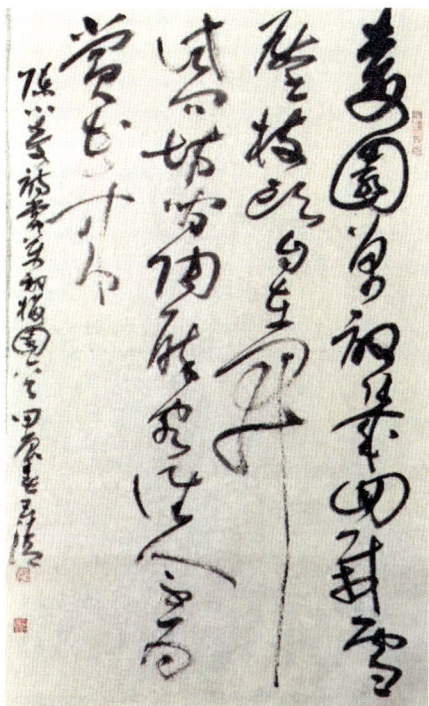

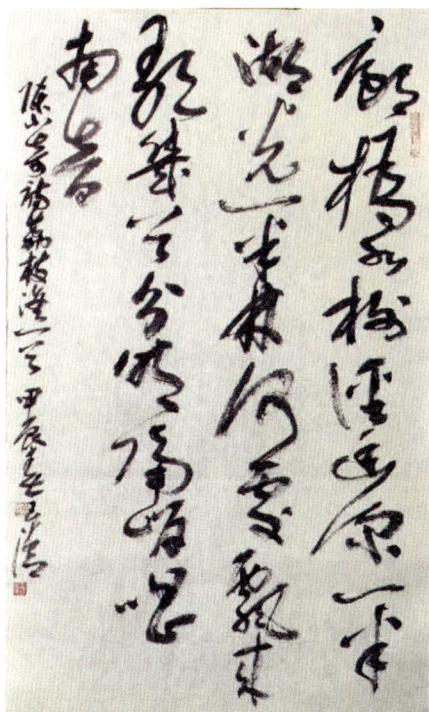

陈小奇诗　谢玉清书

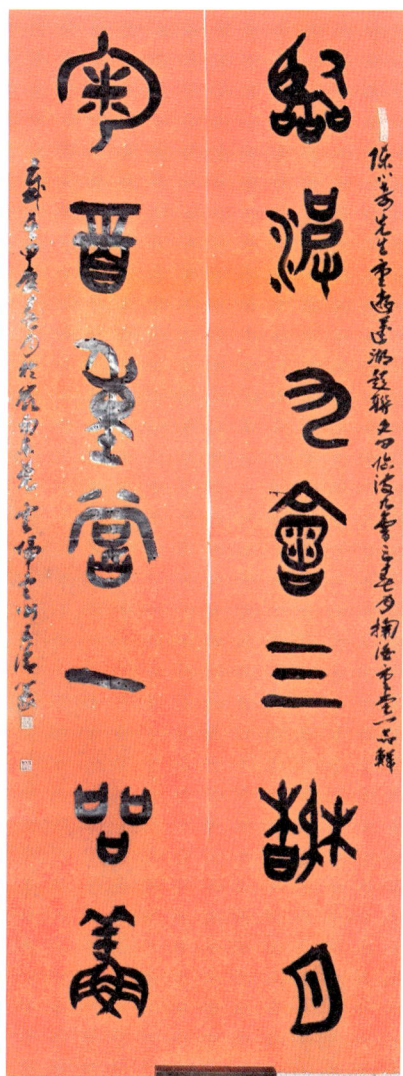

13

轻风过鹿堤　春色如泼墨　如泼墨群云　高耸为长天阔　大王山上亭中坐　黄昏已近斜阳　荷斜阳荷翻翻　禾雀正风姿绰

写自作忆秦娥游清溪大王山词　甲辰初吾郑建林书于东莞

大雪覆千山尽　物寥生气无岸　凌寒独自开　气表堪无意绰　冷暗香浓玉韵　却难比待到山花　遍野时正报春喜

写自作卜算子·咏梅词　甲辰初吾郑建林书

郑建林诗书

云恋青山生画意
风梭绿水酿诗情

王晓丽联并书

王晓丽国画《荔枝熟了》

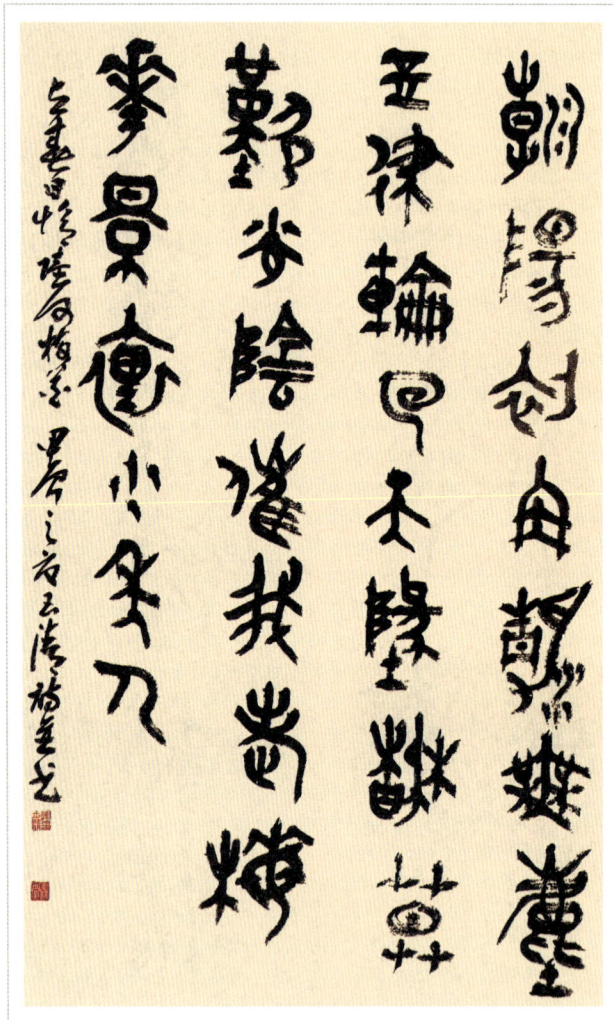

朝晖倒海赴浪尘
五律轮回天际辉
鄞岁跨溪我歌辉
麦垦重小乐凡

辛卯春日於陸后楼室
是岁之春玉清杨菫光

序

卫兆元

在东莞市黄江镇有一座东莞古八景一的宝山，"宝山石瓮出芙蓉"，说的就是这个地方。在宝山脚下，有一群热心于中华优秀传统诗词的人，他们凭着一颗热爱传统诗词的心，凭着热爱诗词创作的情怀，自觉地结合在一起，用胸中的热情，用手中的笔杆，为黄江的优秀传统文化的传承和发扬而默默地奉献。他们就是黄江镇总工会荔香诗社的同人们。

"荔香诗社"成立于2016年9月24日，最初只是由黄江镇一些老年诗词爱好者出于共同的兴趣而自由组合的群众组织。他们挥毫泼墨，写诗抒怀，并凭借黄江这个著名的荔枝之乡的优势，每逢丹荔成熟之时便举行活动，吟诗咏对，亦歌亦舞，以娱乐文友，活跃乡梓。

诗社在社长陈小奇的带领下，活动搞得有声有色，颇有成效。且持之以恒，深受大家的欢迎。后来，此举也得到了黄江镇文联与黄江镇总工会的重视。在镇领导的大力支持与鼓舞下，诗社便以"黄江镇总工会荔香诗社"的新面貌面向乡梓，担负起黄江镇传统文化建设的重任。

几年来，在陈小奇社长的带领下，荔香诗社不断地完善组织，在深入进行诗词基础的普及与提高的过程中，不断创新，积极以多种形式开展学习与宣传活动。不单是写诗，还开展了吟诗、唱诗、舞诗和颂诗等一系列的文化活动，并把荔熟之时作为推广镇文化的平台，逐渐使"荔香诗歌音乐会"成为当地的品牌活动，并通过文艺及晚会的形式将诗的精彩搬上舞台，更广泛地推动了黄江镇的荔枝文化和诗词艺术的传承与发扬。同时也促使荔香诗社迅速发展，并吸引了不少诗词爱好者参与，诗社也壮大了，从最初的十几人发展到现在的一百多人。

同时，诗社的建设与管理也进一步完善了，现在荔香诗社的社员除了本地各行各业人员参加之外，还吸引了不少外来人员中的诗词爱好者。诗社逐渐壮大，诗社的活动也随之活跃起来，在陈小奇社长的带领下，经常地开展各种形式的交流活动，走出去，请进来，互动互学，社员的视野开阔了，创作水平提高了，使诗社得到了更全面的发展与提升。

然而，一个诗社创作水平的提高与发展，还有赖于诗社个体的创作能力的提高，这过程离不开诗社领导对社员的创作理论的引导和培训。这就是荔香诗社几年来社员的创作水平得到很大提高的有效的途径。正是在总顾问王晓丽的精心指导和培训下，荔香社员的诗词基础知识与创作技能都发生了很大的转变，从而使诗社的整体水平有了新的飞跃。

下面请欣赏荔香诗社陈小奇社长和王晓丽总顾问的诗作：

从化石门采风有题

陈小奇

爽朗秋光洒满枝，看花万影醉瑶池。

流溪曲水催春早，石灶青峰落日迟。

云海烟波生百态，林泉瀑布展千姿。

一行远客寻风月，七彩天湖更赋诗。

岭南荔香园

王晓丽

闻道丹珠缀碧穹，翠枝映日起方蓬。

紫绡壳绽晶莹雪，白蚌腹藏琼玉宫。

曾记名仙吟灵黛，可携老杜寄轻红。

漫山香气嘉宾醉，笑语掀开五月风。

当读到这样的诗时，不禁让人感受到一种漫步于远方的浪漫情景里的感觉，感受到诗歌带给我们的精彩视觉。当我们用心去聆听、用情去感受这优美的诗语之时，仿佛畅游于美梦般的远方，让人充满着向往与激情，而进入人生的第二境界。

荔香诗社成立8年来，在黄江镇文联和镇总工会领导的大力支持和亲切关怀下，以新的面貌展示于世人面前。几年来，诗社已出版了《荔香老年诗选》和《宝山诗韵》诗集，今天，《荔香诗韵》也将付梓，将以更高的水平更新的面貌奉献给大家。我相信，当你翻开这本新诗集之时，一定会有一种惊喜，一定会步入一扇通往另一美好世界之门，将会在其中感受到一番别致的唯美的情致。愿你在这片诗意之林中，能找到属于自己的那份满足与美好，让你的心灵能得到一次净化与升华。

是为序

2024 年 8 月 16 日

(作者系东莞市诗词楹联学会名誉会长、东江诗社社长)

目 录

目录

秋雨 / 摘冠龙舟 / 咏松 / 赞厨师 / 焖羊肉 / 炖羊汤 / 诗联合并 / 秋闲见闻 / 黄昏恋 / 酷暑 / 醉荷 / 观海 / 初秋 / 高考 / 古城洛阳游感 / 端午祭屈原 / 初秋聚情缘 / 婚宴随言 / 宝山脚下好家风(新韵)

目　录

昆山采玉

岭南新歌

黄江风雅

红颗珍珠诚可爱

白须太守亦何痴

十年结子知谁在

自向庭中种荔枝

——唐白居易《种荔枝》

荔乡诗韵

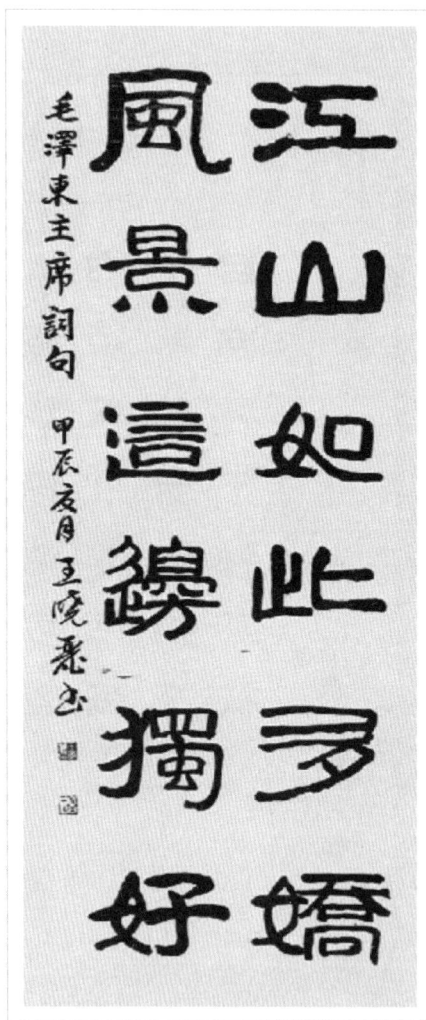

江山如此多嬌
風景這邊獨好

毛澤東主席 詞句
甲辰夏月 王曉麗書

王晓丽书

王晓丽

中华诗词学会会员，东莞市黄江文联、荔香诗社总顾问，东莞市东江诗社副社长、深圳市诗词学会副会长；山西诗词学会常务理事，山西省晋中市诗词学会会长，山西杏花诗社副社长；曾任山西省晋中市委统战部副部长、市工商联党组书记。著有《诗路心语》《诗韵心声》诗词曲作品集，曾主编《诗人笔下的生态庄园》《永远的怀思》等书。

立 春

律回新岁首，大地暖风驰。
柄指寅春立，冰融草木嬉。
三星悬碧宇，双瑞兆鸿仪。
欲览欣欣日，张灯璀璨时。

荔枝文化节

荔园居福地，仲夏溢香风。
花艳盘根绿，珠圆映日红。
画桥流曲水，妙韵点方蓬。
有约群贤会，诗成墨彩融。

新年随想

二月风光好，春寒柳拂衣。
桃红香雾重，水秀玉珠微。
载酒张灯彩，弹琴沐日辉。
人行图画里，逸兴不思归。

"我爱黄江"获奖有寄

秋韵传佳讯，珠玑费剪裁。
久怀文学梦，细数日星台。
诗会歌犹兴，丹青意自来。
但期风景好，笔向彩云开。

观黄江少年组诗文朗诵比赛

台上霓虹闪，摇来天籁音。
婷婷开豆蔻，款款著童心。
品读诗文美，传承岁月深。
少年堪折桂，更待胜于今。

半溪农庄结诗盟

亭幽摇碧水，崇岭隐农庄。

凤展千般色，蜂鸣一品香。
悬桥鱼可数，登阁韵偏长。
金匾盈双璧，诗联蕴锦章。

咏黄江

一水湾湾映碧天，宝山脚下荔枝鲜。
喜迎国庆民心畅，写意黄江大美篇。

黄江芙蓉寺

梵音袅袅出青山，瀑布重岩第几湾。
石瓮经年呈至宝，飞来灵鸟戏云闲。

最美木棉花

惜曾偕友赏芳花，鹅柳嫣红缀满霞。
今日依然春景好，独将最美木棉夸。

厚街吟

以厚为名六百春，林藏胜迹妙传神。
楼台映月沧桑历，海月澄辉育后人。

厚街鳌台书院

鳌台挹秀点奎星，菊伴书声今古听。
三甲墨留师圣地，群贤世代得钟灵。

谢岗诗词牌坊

绿水潺潺河道清，果丰花艳鸟歌鸣。
村居美丽添新雅，录我诗文笑语迎。

谢岗荔枝王

参天荔树已成王，根壮枝繁硕果香。
垂露三千滋百姓，祥云袅袅永绵长。

摘荔枝

树挂珠圆练赤霞，雪肤红甲缀风华。
初尝惊觉琼瑶醉，得解当年妃子夸。

岭南荔香园

闻道丹珠缀碧穹，翠枝映日起方蓬。
紫绡壳绽晶莹雪，白蚌腹藏琼玉宫。

曾记名仙吟灵黛，可携老杜寄轻红。
漫山香气嘉宾醉，笑语掀开五月风。

黄牛埔森林公园

一水环林绿道通，宝山脚下沐高风。
湖边鹅动波堪染，园里枝垂荔欲红。
百福书崖圆梦想，大湾展翼映苍穹。
我今登塔舒望眼，写意黄江倍郁葱。

黄江宝山

自古名山在荔乡，一尊卧佛蕴奇光。
宝珠捧出观红日，灵鸟飞来倾玉浆。
久有芙蓉千载寂，独留妃子半坡香。
岭南故事流连地，醉美黄江又起航。

黄江人民公园

一江秀水绕林穿，遥望扬帆向远天。
草嫩亭幽蛙鼓瑟，花明叶阔蝶翩跹。
歌声激荡家风美，绿道环游国梦圆。
恰好荔枝香满路，此间共醉品珍鲜。

黄江文联捐书助学活动

冬日融融至揭阳，捐书助学润明堂。
园中尽洒春晖暖，笔底常盈翰墨香。
榕树经年从立德，梅云得道合宜芳。
欣观鸿业蓝图展，膏泽莘莘缀锦章。

东江纵队纪念馆

仰望峰峦入黛烟，丰碑耸立敬先贤。
泪垂寒雨英魂祭，血染青岩侠骨穿。
为有山河寻正道，已将日月焕新天。
滔滔江水无休止，不忘铁流南粤篇。

荔韵飘香草地诗歌音乐晚会

一园青草步高台，水映霓虹璀璨开。
谁舞麒麟诗客醉，山环淑气荔枝来。
清音动月多舒卷，神韵惊星妙剪裁。
不觉歌欢人意畅，明年再约笑盈腮。

咏荔枝

丹霞挽黛染晴空，南岭吟香遍地风。

树挂团团摇赤浪，珠含脉脉起长虹。
朱唇倾玉冰魂酿，粉面凝脂皎月笼。
妃子衔来丰岁景，穿行荔海似仙蓬。

辘轳体·我为龙年写首诗

一

我为龙年写首诗，乾坤万象焕新姿。
云蒸沧海波涛涌，气壮山川星月驰。
布雨择时蛟启蛰，连天出岫凤来仪。
春风剪彩神州丽，南北纵横赋锦词。

二

欣逢岁序景方奇，我为龙年写首诗。
福字敲门春正好，惠风入座日方熙。
屏中赏雪常弹指，岭上寻芳共展眉。
笔蘸花香书几卷，韶华有寄莫嫌迟。

三

正是梅花烂漫时，岭南赴约访英姿。
君怜素质开重萼，我为龙年写首诗。

因报东君寒里笑，也将玉骨腊前知。

而今蛟舞迎春至，几缕清香快朵颐。

四

墨香飘处笑盈眉，欲蘸晚霞书贺辞。

南北星飞舒眼阔，丹青云约养心怡。

春临宝地涂张画，我为龙年写首诗。

纵是霜侵花甲过，有缘悟道不言迟。

五

街市张灯映彩旗，声声鞭炮报春熙。

漫游网购迷新境，独坐屏观敬老师。

美酒盈杯亲友会，佳肴满桌故园思。

儿孙贺岁天伦乐，我为龙年写首诗。

好事近·荔香诗社七周年诗歌音乐会

七载绽奇葩，醉美荔香诗苑。凤聚一园荟萃，任妙词台炫。

中秋国庆喜盈门，吟坛帜红灿。共赏一轮明月，看果盈秋卷。

海棠春·黄牛埔森林公园鸟岛

远闻汀上啼声巧。自在鸟、水中仙岛。绿树筑新巢，白鹭萦烟袅。

采些澄澈诗清妙。任气畅、环游绿道。秀色入诗囊，只恐归程早。

燕春台·《在黄江》电视专访有感

夏日晴嘉，白云柔美，芳菲草木争辉。碧水清流，一条绿道环飞。愿将佳梦欣题。沐熏风、化露称奇。骚坛舒雅，丹青浸润，翰墨神驰。

披星邀月，逐韵开篇，律中解惑，勤酌修诗。文联引步，登临仰止无辞。种玉情依。荔香园、会聚旌旗。锦章持。写意黄江，高架虹霓。

江城子·发现黄江新美采风行

宝山脚下雨初晴，水波横，鸟和鸣，凤集黄江，嘉景展云鹏。雅藻蕴含今古韵，科技馆、夺先声。

森林绿道蝶花迎。树葱青，碧流澄。谁入锦图，风采醉群星。一路欢歌飞笑语，书大美，伴春行。

雪花飞·蜡梅

今夜飞花曼舞，琼妆玉萼冰姿。黄蕊寒冬绽放，先报春知。

难忘园中遇，心生别样痴。携引春吹百卉，傲雪称奇。

喜迁莺·春

渌袅袅，雨柔柔，新柳上亭楼。燕回芳草泽千畴，天赐正清幽。

黄莺舞，青苗吐，一幅画图谁布？杏花桃李醉双眸，春在我心头。

翠楼吟·黄江美术馆落成暨首届迎春书画展

暖日蒸霞，群山绕水，今逢馆开双喜。门楼帷幕启，听弦乐筝鸣交汇。华堂明丽。看曲槛镶朱，飞檐依翠。幽亭记，雅厅长案，墨迎春慰。

宝地，文运生辉，纳五湖贤士，四方才艺。探钩沉史迹，有羲献钟张书意。花枝流美。任气韵传神，红联题字。骚坛会，串珠成璧，紫烟晴霁。

杏园芳·贺神舟十四载人飞船发射成功

长征一箭冲天，银龙展翼云巅。霞披溢彩送神船，史无前。

天宫入住寻常事，星球筑梦同欢。群英探月写新篇，再登攀。

祝英台近·鳌台书院

画廊长，书院厚，高阁毓云岫。彩绘飞檐，五百载星斗。凤林菊展陈坛，墨香几许，古匾立、霁霞浓柳。

历时久，愿把三甲薪留，育才启新秀。鲤跃龙门，独占鳌台手。喜今文脉繁荣，丹青妙韵，入耳听、光前裕后。

毛小平

　　1956 年生，原籍河南省，在莞工作生活三十余年，中学高级教师，退休前任教于东莞市黄江中学。系广东中华诗词学会会员，东莞诗联学会东江诗社副秘书长，黄江诗联分会副会长，黄江荔香诗社副社长。作品散见于各自媒体，部分作品发表在《中华辞赋》《诗词世界》《诗词选刊》等。

向日葵

向阳本是好家风，暮看夕霞晨看东。
收获多时常俯首，晚年姿态更谦恭。

返乡感怀

青丝离井雪髻还，不识相逢故友颜。
自问奔波三十载，有无借口少私闲。

春　联

门前岁尾百家红，墨里香飘唐宋风。
老话新篇书锦绣，来年期许尽其中。

贺东江诗社成立

猎猎吟旌舞碧蓝，风骚独领问谁堪。
行行诗句连心梦，恰似东江润岭南。

拳友夜练

秀腿柔拳力断金，高山流水伯牙琴。
丹田吐纳星空夜，天地精华养客心。

新疆巴音布鲁克大草原

绿毯豪铺晒豆粮，凝眸粒粒尽牛羊。
雪来九曲波光处，鸥鹭天鹅共暖阳。

赏竹溪千亩油菜花

蝶蜂引路到双岗，荡漾金波十里香。
疑是东君狂作画，挥毫首抹竹溪黄。

阳台种韭

种韭阳台正向荣，名兰堪比不为烹。
含香滴露娇如醉，惹我诗畦又浅耕。

乘火车今昔比

绿皮硬座汗如蒸，几夜隔窗残月明。
今日三千山水近，杯茶犹热到羊城。

题孙女五岁生日

女孙生日换新衫，千里观屏写贺函。
犹记当年初学语，攀头咬耳笑呢喃。

高低杠前欲试不敢而感怀

奈何岁月不堪留，未敢轻狂憾白头。
遥记少时村柳下，飞身倒挂似顽猴。

咏山乡巨变看道路今昔

登高俯瞰众楼低，马路黑油横竖齐。
遥想当年村口道，晴天飞土雨天泥。

访执教故地不见原貌感怀

常伴杏坛残夜灯，韶华志满喜荣膺。
重来不见书山径，空看新楼几十层。

夜乘航班

不见高原不见坡，群山退隐少巍峨。
城乡璀璨成星汉，万里灯光绘海河。

感谢王晓丽老师引路学诗

懵懂涂鸦混墨坛，凝眉韵律仄平难。
机缘巧遇诗仙子，杜李门前荐酒端。

开车过跨江大桥

车过江桥忘护栏，淡然心气拂肠肝。
临渊谁壮凌空胆，笃定边防固若磐。

夜游珠江

楼高水阔饰金银，潋滟霓光乱假真。
疑是凌霄云汉口，携来诗友逛星辰。

深中通道

伶仃洋上起蛟龙，妙曼婆娑舞碧空。
跨海穿云连两岸，恢宏惊世夺天工。

晚　霞

隔轩斜照彩云西，魔幻奔腾骏马蹄。
看过须臾韶景后，华灯犹可闪虹霓。

贺黄江诗联分会成立并揭牌

黄江六月荔香浓，更有双师会主峰。
邀得八方朋满座，同看并蒂美芙蓉。

观看黄江第六届荔香音乐诗会

天籁仙音锦瑟和，霓裳劲舞伴欢歌。
黄江咫尺瑶池远，何必空劳望月娥。

参加第六届荔香音乐诗会登台演出

巧借霓光闪亮红，放飞羞赧舞台疯。
欢歌诗咏青春伴，忘却霜头几岁翁。

家常饭

豆腐冬瓜白菜葱，足堪效果鲍鱼同。
人生惬意家常饭，浊酒粗茶三两盅。

观四十多年前与挚友旧照

不愿斟词用古稀，当年弱冠忆芳菲。
人非物是桥犹在，故地河边常洗衣。

题古今交通运输之变

快马驼铃漕运船，轻舟渔火枕江眠。
八方御史千台轿，百里挑夫一副肩。
曾喜公交车代步，又惊高铁箭离弦。
刘郎不再蓬山恨，飞抵天涯云际穿。

参观东江纵队纪念馆有感

炮弹尖刀电报箱，依稀脑际映沙场。
一江怒水千重浪，八面红旗万杆枪。
浩气长存冲碧宇，丹心不改铸铜墙。
百年筑就康庄道，盛世民安国富强。

贺黄江诗词楹联协会成立

古树新枝并蒂花，盈香莞邑醉千家。
群山起舞披红幔，荔果垂珠映彩霞。
展翅双飞行万里，吟旌共举到天涯。

笔耕宝地黄金土，携手诗联绘锦华。

题小区楼下无人超市

生鲜肉蛋一应全，商市居家无缝连。
丰俭凭君拿酒菜，暑寒迎客慰心田。
赶圩走过重山路，挑担磨穿双垫肩。
今事忽如真似假，梦中笑问是何年。

古诗词

宋唐格律韵悠悠，璀璨千年爱恨愁。
平仄行间弄骚雅，对粘字里竞风流。
长弦短调凭游刃，狭路奇兵靠运筹。
墨海诗山高远处，吟旌招展映春秋。

山乡新春气象

小村别墅一家家，溪水横桥绿树花。
丽日初升临福地，红灯高挂映朝霞。
三年始解眉间锁，满院新生柳上芽。
东巷琴声西巷鼓，犹闻浅唱伴琵琶。

游塘厦大屏障森林公园

名镇轻车十里程，近山浓绿紫岚萦。
红廊更显群芳翠，竹杪斜依昼月明。
老树青藤连栈道，小桥溪水送流英。
大屏障上裁诗韵，织作吟旌塘厦行。

岭南荔枝吟

福降人间莫道偏，岭南独缔荔枝缘。
悦颜妃子艰辛路，啖果苏公绝后篇。
六月家山明月夜，一湾宝地太平年。
满园诗韵萦红树，玉骨冰肌捧客前。

纸

竖卷横批任剪裁，公函密件待人开。
常邀笔墨同歌舞，夜伴窗灯共案台。
惠子五车量竹简，红楼一部见文才。
今朝数字无形纸，百万藏书触手来。

阔别四十五年老同学相聚

朝丝暮雪恨时光，阔别欣逢喜欲狂。

眼袋包中藏老态，胡茬缝里剩青阳。
桑榆有意难推却，岁月无情任主张。
回首当年追梦路，韶华寸寸可文章。

玩具今昔

声光电动巧装潢，竖挂横披半满床。
夜伴绒熊哼呓语，日驱座驾逛厅堂。
儿孙富贵生来就，岁月艰辛梦里藏。
谁解当年爬树趣，顽童腰插纸皮枪。

鹅卵石

曾经傲骨在云巅，壮志盈怀欲补天。
地裂山崩移世界，风雕雨琢入河川。
莫论高处昔时勇，安享平阳今日圆。
岁月无情催过客，谁人棱角似当年。

第五届草地诗歌晚会

六月家山红映天，垂珠凝露荔枝鲜。
轻歌劲舞霓虹夜，宋韵唐风骚客缘。
啖果今宵三百粒，挥毫明日一千篇。

几提拙笔难充数，墨浅搜肠腹自怜。

国画留白

淡浓水墨见真功，几笔勾连几笔空。
独钓孤舟千里雪，轻描素影一帆风。
烟波缥缈天边远，江海奔腾云际穷。
无画之间皆是画，虚灵意象妙其中。

笑看一岁孙女研究手机

凝眸不解再端详，方寸何来百宝装。
稚手三番抠锁键，弯眉几度蹙愁肠。
人生漫道多求索，本领千般先品尝。
笑看牙牙吟咏貌，莫非已会做文章。

过港珠澳大桥有怀

大洋自古姓伶仃，徒守风光伴冷清。
彼岸难登兴叹远，何年有望驾舟轻。
忽来跨海三方路，天降飞桥百里程。
科技精工中国造，神州无处不纵横。

叶翔清

笔名羽青，1970 年出生，广东梅州人，中国诗歌学会会员，广东省作家协会会员，东莞市麻涌镇诗歌学会秘书长。著有《青春絮语》《在水一方》《花开的声音》等作品。

大学毕业三十年感怀

菁子当年忆似春，岗荒荔绿朗书新。
窗前苦读芳华度，自别梅城满鬓尘。

红荔吟

累累硕果挂千枝，远看灯笼笑我痴。
欲问佳妃今怎样，都言此物最相思。

题品荔活动

欢歌舞动步轻轻，果熟齐邀叙友情。
满院飘香诗不尽，互言再聚做书生。

五月感怀

飞花苗草焕青城，云淡风轻日和声。
在水一方芊渐近，迢迢步履数天明。

赞香江女警

排危巡市我当先，自若泰然藏正玄。
侠骨柔情担道义，英姿飒爽美超仙。

获二〇二二年中国诗歌学会优秀会员有感

勤功不负古诗章，自醉终成万里香。
莫为出名名利没，心藏纯粹沐春阳。

清明祭祀

人文蔚起出金凰，念祖尊宗岁月长。
四海宗亲齐发力，传承功德志高扬。

题建峰兄工作室

寓所幽香若入林，旌旄半辈武文深。
余芬未泯有清墨，壮志凌云老将心。

悼　诗

日落东山泪印哀，子孙孝道照青台。
伤心门下天应泣，尽是飞鸿复影来。

春日念乡

风清气朗燕归来，户外香花兀自开。
北望家园思不尽，青青柳树叶新裁。

龙舟节吟

雨落纷纷云雾来，舟飞似箭过亭台。
身轻如燕千帆浪，桨快同风万众催。
四面旌旗添壮阔，八方游客醉颜开。
一年好景天天乐，笑语频频共举杯。

冯伯乔

    冯柏乔博士，金科伟业（中国）集团有限公司董事长，香港著名儒商，原香港新华社香港地区事务顾问，北京师范大学、暨南大学客座教授，中华两岸四地文化交流总会会长，2015年在山东孔子国际文化节荣获"孔子儒商奖"，2016年荣获"全球杰出华人奖"。

无　题

细雨微风发，无端百感投。
更深鸣蟋蟀，天旷寄蜉蝣。
少志成残梦，丹心竟楚囚。
神州悲落叶，狼藉待谁收。

为谢各地诗友颂金科十五周年而作

悬壶欲报大尧天，砥砺躬行十五年。
未敢轻心迟万户，还将宿志谢鸿编。

重游菏泽赠诸友

飘香十里下曹州，人海花山半日游。
情重莫如菏泽酒，一杯已醉上庭楼。

游漓江过望夫石即景

离人此去几千秋，渔妇将雏望眼愁。
夏雨春风阳朔路，青山脉脉水悠悠。

北京早雪

深秋早雪兆京华，一夜琼英锁万家。
本作香山红叶客，寒灯驿馆独烹茶。

黄鹤楼忆故人之东渡日本

汉阳树下忆同游，黄鹤楼头数白鸥。
依旧去年秋色里，伤心怕看水东流。

游周庄觅沈万三故迹感赋

枕河穿柳泛轻舟，烟雨双桥古镇游。
富甲江南俱泯灭，愧无一见万三楼。

即席和吴兆奇赠崔士治原韵

佛地相逢说俗尘，异途风雨各侵身。
银壶难诉离情尽，沧海横流尚几人。

和朱积兄 《偶感》

笔意来时任放狂，蓝天碧水两苍茫。
东篱何必频频采，浊酒良书醉夕阳。

赠谢伯龄老师

沉浮梦海去悠悠，苦雨凄风二十秋。
有幸葵园聆教诲，无辜沙院淹清流。
乱天政事仙人洞，扫地文章鹦鹉洲。
今古前车君可鉴，常防夜里失绸缪。

建党百年诞辰感赋

万里河川痛陆沉，红船又幸立初心。
三山彗扫狼烟尽，四化宏开草木棽。
大漠飞星追月揽，重洋捉鳖放歌吟。
神州百载金瓯固，吉梦频频带路深。

水东海月楼望三洲即景

三洲不尽草萋萋，鹭影波光一望迷。
东港旧桥人赶市，西湖新柳燕寻泥。
陈村耕鼓传天外，南海渔歌落日西。
改革春风初露雨，芳菲早占水东堤。

贺谈锡永上师八十八荣寿

青灯白发两经年，隽语毫端总入禅。
去妄方能求本性，净心始觉证因缘。
金刚侠影深般若，藏汉遗风宁玛篇。
眉寿祝公遥拙笔，何时秉烛祝尧天。

应邀奉和向小文兄

曲星一度降云林，又幸长天掷碎金。
徒有虚名传广宇，愧无椽笔奉知音。
盆花独伴同邀月，挚友常临共抚琴。
未许鬓霜随我老，浇漓世道不闲心。

步韵奉答文进老师《岁杪感吟》

梦入人生志不残，莫因律管意千般。

胸中无我乾坤大，眼底有私世路弯。
老骥心怀千里外，鲲鹏翅展九霄间。
男儿七尺应垂史，勿恋东篱日日闲。

和邓文威先生赐赠之作

墨债频催愧负荆，虚名误我困愁城。
苦无风雅应酬唱，时有童心求点精。
变幻世途惊后顾，沉浮商海觅前程。
大诗重读孤檠夜，万缕乡怀忆旧情。

戊戌新春唱和

戊戌新春，西山诗社叶宝林社长一行来访，随后赠诗一首，并邀唱和。奈何久疏词律，难以成诗，谨此奉和，以祈斧正：

百粤四时盈翠筠，不争颜色自精神。
诗多烟海崇君富，腹少珠玑恨我贫。
动念有私惊皓月，扪心无愧戒来人。
旧词新意谁堪比，摇曳生姿处处春。

步韵叶宝林社长（新韵）

剪柳如疏燕子风，芳菲一夜万千红。
西山有意植乔柏，南海无心种粤桐。

零落文章逐逝水，随缘荣辱半蒙空。
黄昏岁月匹夫志，未敢乘风抛九重。

为武汉开城欣然有作

雪后樱花落浅深，长江万里碧波吟。
开城为有回天力，披甲还凭报国心。
雨洗乌烟夷北返，春归紫气鹤东临。
九州尚待康平日，未敢鸣锣告捷音。

刘裕恒

70后，爱好文学，曾于东莞务工20多年，荔香诗社社员，东莞市黄江作家协会会员。货车司机，足迹遍中国。

春　燕

尾剪春光紫，身翻菜蕊黄。
多情双羽客，巢向旧时梁。

大庆暮吟

地处松江望野川，夕阳映照欲燃天。
磕头机正牵金井，汲尽膏脂无忘荃。

北行寄粤

天高地迥路迢迢，车少人稀倍寂寥。
试问岭南漂泊客，此烦怎得借卿消。

过兰考

绿水青山展画图，行过兰考漫嗟吁。

焦桐不识春来早，细数身边无几株。

过开封黄河有感

曾经宁夏问清流，何事滔滔不肯休。

一股天山冰雪水，如今浑浊到中州。

过雁门关追思王昭君

一

雁门东出尽平川，辞阙明妃竟隔年。

应是离乡心事重，依依不舍故迁延。

二

繁荣盛世托红颜，勇决昭君出雁关。

戈壁茫茫作青冢，千年不见故人还。

候 车

落寞乘车下广东，旅人似草逐秋风。

萍踪伴我江南老，白首与谁相约逢。

见雪思谢

或谓撒盐差可拟，或如柳絮因风起。
江南塞北两重天，堪笑今人争不已。

题图 （回环格）

金铺水面水铺金，岑目望遥望目岑。
岸柳昏鸦昏柳岸，吟游胜处胜游吟。

荔香五年庆现场有感

开幕式 （新韵仄声）

百年大计圆诗梦，一片红衣频舞动。
骚客而今聚此间，荔香是日皆贤圣。

诗社成长

此际欣闻传荔香，艰辛五载有谁尝。
冰心不负终成就，喜看仁贤聚一堂。

听陈社长讲话

宝山诗韵荔枝香，忆往心声铿复锵。
此际慕名远来聚，豪情桀骜出诗囊。

听雷主席讲话

岭南俊杰聚黄江，诗韵低回绕画幢。
历尽晦明舒翰墨，朝晖每每破吟窗。

听客家山歌

客家人唱客家歌，一曲山腔乐趣多。
纵未全明曲中意，清音有味耳边过。

听客家话诗朗诵

客里惊闻异地声，乡情忽向眼边生。
心思不为幽思闭，一霎沉迷又启明。

听同名歌曲《沁园春·雪》

诗社风流各献功，伟人之梦与今同。
尤其高唱多豪迈，劲爆掌声巨浪中。

观　舞

其一

左旋右转复西东，众女身姿妙绝中。
似水眼波横翠黛，不知谁是小桃红。

其二

桃夭一树乱飞红，长袖飘飘舞夜空。
疑是仙娥降凡世，襄王旧梦烂柯中。

游枣阳世外茶园寻幽雅集

静处寻幽便是家，小园质朴洗铅华。
满坡鸡逐登枝鹊，一路人逢笑面花。
滕阁诗成倾菊酒，兰亭会罢赏山茶。
闲来偶向溪边坐，慢舞金钩钓落霞。

过茅台镇

萦萦绕绕到山乡，一路行来梦一场。
坛瓮依依谪仙醉，烟霞袅袅季真狂。
眼前流瀑欺云矮，耳畔熏风证日长。
游罢匆匆归去后，月明千里惹醪香。

开年出车有感

雪封晋冀花开粤，季候悬殊正二月。

道是东君力未加，须知奢欲心难竭。

人车奔走几曾休，花雪飘飞谁肯歇。

不敢超然作漫游，巡回毕竟如求竭。

听诗朗诵《春江花月夜》

喃喃细语如陈酒，凛冽清香梦似同。

一曲春江潮未起，半天明月古来空。

唯君高坐犹凭吊，独我倚栏畏窘通。

逸致幽思难遂愿，凡尘俗事白头功。

清平乐·将之鄞

年关近了，高速车方少。此去宁波前路渺，记得风光还好。

跨岁却不回家，流连客地琼花。若问萍踪何住？随车浪迹天涯。

卜算子·送货宣城来去匆匆

不坐敬亭山，不谒山前寺。到得江南梦一场，未得瞻仙址。

不约谢朓楼，不见昭从弟。回首难言旅者愁，走在秋云里。

鹊桥仙·怜妻

欲蠲胫痹，奔波千里，江汉往来几度。襄阳安庆去还回，走访了名家数处。

青蚨迷径，多亏医保，不致无寻诊路。吉凶岂用祷天怜，强国梦将民佑护。

陈九青

东莞市黄江镇人，现居香港。东江诗社社员，荔香
诗社副秘书长。

咏清溪河

洋房齐两岸，远上茂林幽。
汩汩清流响，鱼人影共游。

登罗浮山

天梯登险阻，顶上睹峥嵘。
仙气幽林显，灵光古洞生。
尖峰千里耸，高壑万重横。
最是罗浮境，诗家赞美名。

四号台风"派比安"

日日敞轩窗，掀推倒柜箱。
乡村遭夜雨，屋宇颤心房。
问是何方患，无情派比狂。

夏炎如火烤，久盼气清凉。

访横沥村头村知青巷感怀

艰辛岁月志尤坚，风雨三同屋巷连。
奉献无私心坦荡，却留事迹后人看。

咏木棉花

高枝点缀欲燃红，铁骨铮铮傲九重。
百卉丛中春报早，严寒不惧本英雄。

秋　思

白露天凉夜色朦，偶听黄叶落西风。
雨声沥沥衣衫薄，勾起乡愁念老翁。

反对浪费粮食

富家不忘苦寒时，勤俭常存美德持。
浪费粮油皆可耻，扶贫解难更思饥。

登香港太平山感赋

巍峨壮丽太平山，屹立东方向海湾。
阅尽人间千载色，乾坤扭转又斑斓。

孟母教子

教子良方用意扶，迁居断杼育人需。
流传故事千年颂，赞我中华孔孟儒。

早　春

晨起推窗鸟语喧，闻香馥郁百花繁。
种瓜种豆人勤早，万道霞光洒菜园。

快递哥

酷暑凌寒踏雾霾，胡同角落走天涯。
问余何意匆匆跑，客事偏偏总记怀。

相约荔香园

清风相伴过山坳，热土情怀未可抛。
骚客重逢吟盛夏，几多欣喜上眉梢。

荔乡诗韵

黄牛埔森林公园赏葵花

金花灿灿向阳开，淡雅梳妆一幅裁。
艳丽仙株陪客赏，笑盈粉蕊染红腮。

春游深圳凤凰山

春游闲踏凤凰巅，清静瑶台犹作仙。
极目层峦千顷翠，云山坐拥万家烟。

题凤岗镇五联村史

规模工厂靓楼房，人往车来商贾忙。
遥忆五村同口井，苍山一片野茫茫。

谢岗镇南面村采风游

荔枝南面满山丘，老树千斤四季柔。
沟寨石滩流淌碧，田园人在画中游。

岭南荔枝

火红六月满园香，啖荔东坡妃子尝。
不见策骑千里远，畅通路路递云商。

参观黄江科技厅感赋

神奇奥妙展华堂，产品高端亮目光。
科教而今新体现，一年更比一年强。

黄牛埔森林公园

一泓碧绿浮孤岛，两岸青峦倒影双。
天下桂林山水美，百福园里好风光。

网　购

电商服务四方邮，优质名牌众所求。
网络互联民便利，运营线上益双收。

凤岗顺成农业科枝生态园

绿野千畴景色殊，有机蔬果缀香珠。
田园示范新科技，开辟山河秀丽图。

清溪镇半溪农庄采风行

四面山峦物态殊，谁知宝地隐明珠。
莞香楠木精华取，滋润容颜保健图。

咏大王山禾雀花（新韵）

琼枝玉叶喜春风，朵朵花开绽笑容。
一副天生娇丽质，翩翩惬意自情浓。

春种感赋

精挑种子播农时，节气轮回又赶期。
春日熙和机莫错，萌生破土向云滋。

凤岗竹尾田采风游

绿波荡漾画图真，拂面清风不染尘。
且看虹桥禾栈道，田园赏景尽游人。

黄牛埔美术馆一隅

潋滟波光岸柳青，曲桥水榭木凉亭。
窗棂古仿闲来赏，茶画人生倍感馨。

春游大朗凤山公园

灯笼璀璨吸眸瞳，花满山坡艳斗红。
油菜金黄留倩影，风筝空舞却忙童。

过港珠澳大桥

一

隐隐伶仃上，蜿蜒似彩虹。
全凭中国造，技巧夺天工。

二

回眸望海舒，天堑变通途。
入隧车流影，桥连港澳珠。

夜游珠江

珠江银水荡轻舟，两岸霓虹影入流。
最是蛮腰多彩色，辉光闪烁共缠游。

贺黄江诗联分会成立

诗联成立设歌台，作对吟词聚首来。
泼墨挥毫文似海，宝山沃土出人才。

诗吟夏日相约荔园

玲珑珍果贵妃痴，盛夏骄阳沐荔枝。

骚客相逢歌载舞，绿茵湖畔满园诗。

春游黄牛埔森林公园

欣向湖边绿道行，风光放眼百花盈。
蜂飞蝶舞诗心起，一首新歌叹我情。

黄江诗联分会成立

彤云映树果珍红，红荔东坡赋宋风。
风景岭南人已醉，醉吟石瓮绽芙蓉。

公园行

潋滟波光一色菲，莺飞草长架蔷薇。
分明保护原生态，白鹭翩翩觅食飞。

初秋二首

一

八月秋天渐渐凉，晴空大雁画成行。
金风喜送精神爽，稻穗方田一抹香。

阵阵西风万柳枝，湖中激浪有谁知。
游离羁客何曾晓，鸿雁迢迢寄相思。

参观清溪土桥村红色长廊

红旗招展映晨阳，几缕清风过屋廊。
烈士舍生怀壮志，英雄杀敌斗凶狂。
张张旧照艰辛历，幅幅图文远梦量。
坚定不移跟党走，下桥赤子永留芳。

云溪桃花源徐官威新歌发布会

笛韵悠扬绕岭坡，音符美妙悦心窝。
填词诗意襟怀满，旋律灵魂感慨多。
气壮山河夸国盛，豪情奔放赞人和。
男声一曲传天籁，胜地桃源也醉歌。

游陆河县白水寨

沟寨岚烟叠嶂霞，老林深处有农家。
近观瀑布前川挂，远眺飞流剪影斜。

石径盘山岖路险，水帘直下落悬崖。
清泉四季源何断，觅景游人尽赞夸。

回龙庵古迹采风游（新韵）

风水相融古庙庵，朝南坐北凤山连。
香烛宝鼎焚烟火，石立碑文刻字传。
玉砌青砖轻黛色，银铺碧瓦浅斑斓。
尼姑遗迹依然好，道教承灵在世间。

鹧鸪天·题港珠澳大桥

音韵涛声万里飘，伶仃水阔浪生潮。滩头昔日
说惶恐，豚岛今时话地标。

洋可路，海能桥。仙踪觅景近不遥。中华技术
谁何似，装吊千吨牛且骄。

陈小奇

广东省东莞市黄江人，广东省中华诗词学会会员，东莞市诗词楹联协会会员，东莞市东江诗社副社长，东莞市黄江诗联分会会长，东莞黄江总工会荔香诗社创办人、荔香诗社社长。主编《宝山诗韵》诗集，诗词作品散见于《中华辞赋》《诗词百家》《南方日报》《东莞日报》等报刊。

百里杜鹃

地球彩带誉中华，望帝①春心吐血花。
百里峰连飘秀色，痴迷羁客不思家。

注：①杜鹃别称

黄江晨曲

晨步花丛绿道行，野蜂弄影蝶传情。
忽闻远处啼咽曲，好似春鸠向晓鸣。

荔枝湾

廊桥水榭径幽深，一半湖光一半林。
何处飘来歌几首，分明隔岸唱南音。

赏万亩梅园

梅园万亩几回栽，雪压枝头自在开。
试问坊间陶醉客，谁人不为赏花来。

陆河梅花

正是严冬赏雪时，暗香无语影迷离。
重来一月南天道，万点梅花万首诗。

酒都吟

神河赤水酿茅台，醉客闻香踏味来。
一酒称雄惊世界，万家兴旺笑颜开。

四渡赤水纪念园有题

滇黔险境陷危情，主席胸藏百万兵。
赤水挥师重抢渡，甩开敌寇赶征程。

镇远夜寄

黔之胜境远扬名，千古风流尽此城。
但倚舷窗瞻夜色，舞河一叶听秋声。

空中草原那拉提

林海冰川漉夕光，高山草甸见牛羊。
神农播下人间福，牧野花开朵朵香。

独库大峡谷

西风古道地悠悠，谷裂天山断自流。
何处游人惊绝艳，新疆独库震神州。

黄牛埔环湖游

清波十里浣春纱，野鹭啼咽望日斜。
衣袂飘飘幽客梦，纵情几笔妙生花。

春　行

数度阴寒始放晴，和风拂拂伴香行。
春鸠不识花之蕊，上下翻啼几处惊。

探 春

龙年春水鳜鱼肥，百里风光彩蝶飞。
认得桃花清瘦影，太阳西去不思归。

黄江蝴蝶地格桑花采风有寄

一

云聚双峰绘素妆，翩然一蝶舞中央。
奇花看尽摇诗梦，圣草闻来有异香。

二

曾是高原遍地栽，灵心妙术巧移来。
何须春日殷勤顾，一样流光四季开。

厓门怀古

三千浊浪激危河，十万哀兵战恶魔。
无奈苍天倾宋室，文明华夏一悲歌。

种荔枝

开拓南山种荔枝，丹珠串串掩围篱。

年年结子何人采，粒粒辛劳只自知。

重　阳

云霞极望雁归迟，梦里黄花数几枝。
莫道秋光无觅处，登高览胜恰逢时。

鄱阳远眺

天上霞烟压浪来，湖中鹭鸟几徘徊。
云舒远望匡庐景，水色山容分不开。

畅游赛里木湖

万朵花开入眼前，池台幻境碧连天。
劳尘不染衣衫雪，诗梦漫摇作醉仙。

七十感怀

岁月深沉两鬓霜，人书俱老习渔阳。
虽然已近浮生尽，更愿残年恋夕光。

迎　春

东风锦字写春篇，握笔凝神赋妙联。
难得严寒冬去尽，九州共贯绣芳年。

寻味顺德

百里驱车为解馋，凤城美食品甜咸。
与君叹粥街头味，深巷鱼羹更不凡。

钓　春

暮春夕照落花残，新雨催行不觉寒。
醉意乡间闲野处，倾心钓月几鱼竿。

荔香庄园

炊烟又见已黄昏，煮酒烹茶客满门。
杯水而交君子品，名园醉酿岭南魂。

元　夕

礼炮笙歌震九霄，万民同乐闹元宵。
恰逢今夜桃花雨，惠我青苍永不凋。

霜　降

萧萧落木入霜期，湖里残荷有几枝。
莫道秋凉无去处，倚窗对盏正当时。

榴花塔寄怀

居高控远镇东江，水患狼烟俱不降。
远望千秋思壮士，巍巍屹立保家邦。

读《夏日绝句》有感

盖因才气透苍穹，岂肯甘心绣女红。
家国临危思项羽，不言胜败论英雄。

羊城夜寄

南音袅袅绕羊城，七彩蛮腰塔外呈。
伫立船楼观夜色，珠江一叶听潮声。

重游省城

珠水云山夏夜时，霓虹闪烁彩多姿。
行人记得曾游地，海印桥南旧酒旗。

访　古

印月鹅潭对荔湾，滂然近接古西关。
客行此去寻何路，座品名茶意等闲。

伶仃感叹

大海茫茫一叶舟，蛮荒绝地过香洲。
当今盛世双桥汇，百里伶仃百亿流。

东　江

赣头莞尾路如何，云涌春潮起浪波。
趁得东风争竞渡，行舟奋楫鼓声多。

清溪行

客属人家万古情，大王岭下踏香行。
何如但作鸿宾好，赋对吟诗去鹿鸣。

从化石门采风有题

爽朗秋光洒满枝，看花万影醉瑶池。
流溪曲水催春早，石灶青峰落日迟。

云海烟波生百态，林泉瀑布展千姿。
一行远客寻风月，七彩天湖更赋诗。

庐山览胜

含鄱口望接云天，谁伴如琴一拂弦。
眼底悬崖堪作画，山中老叟似游仙。
草堂花径无长恨，壁赋西林不朽篇。
灵气何曾输五岳，吸来月色赠青莲。

贺东江诗社成立

鹏翥长天雅韵声，一方圣土壮歌行。
百川汇入东江水，千笔勾描莞邑情。
今古咸宜诗不老，儒风所在墨流名。
佳时更是诸君奋，笑看来年誉满城。

陈爱琼

生于 20 世纪 60 年代中期，女，东莞黄江人，中共党员。原黄江镇新市社区党委委员，退休后任黄江荔香诗社副社长，黄江诗联分会副会长，东莞市玉兰诗社理事。作品散见于各报刊。

惊蛰遇雨

一

天阴行绿道，遇雨避三分。
远觉烟波渺，花红不识君。

二

惊蛰未听雷，云灰雨亦催。
桃花开灿灿，知是故人来。

咏 荷

风柔荔果扬，百里竞芬芳。
独羡荷花雅，清名久远扬。

晨 行

花草露珠莹，烟岚曲径轻。
一晴方觉好，竟自动诗情。

雨

一日落无晴，沙沙入晚声。
乱蝉休战事，怕是响雷惊。

雨 思

檐头天灌水，掷地驾长风。
望日无颜色，墙边花自红。

夏日私语

晨旭染林烟，空山鸟自旋。
祥光缠地气，飞跃彩云天。

田心公园见福

公园景色新，绿植饰真身。
曲水通幽径，桥风漫野滨。

茶花初绽岭，炙日久迎人。
路遇儿时伴，交谈甚是亲。

游九寨沟

灿灿金黄片片红，神奇九寨酿潮风。
彩林海子相交织，尽染秋光色不同。

九月九日即事

登高怀远话重阳，风卷秋山野菊香。
万里云天舒爽气，三杯水酒寄情长。

梅塘蝴蝶地赏花

形如蝴蝶借风飞，五彩含香掩翠微。
山谷引来金凤客，梅塘水库沐春晖。

清　明

啁啾鸟语荔林新，蜜露花香绽陌春。
犹忆幽幽山路上，依稀掩映踏青人。

夜游东莞国贸

霓虹幻彩绣琼楼，夜色繁光眼底收。
疑是星河飘落地，人天此际共周游。

山居晚照

山含薄雾罩云天，暮钓河塘水岸边。
旧巷残垣浮记忆，泥炉柴火煮青烟。

踏　春

途观四野漫春烟，馥郁芳林竞自然。
快手拍来嫌不够，还赊甘露润诗田。

禾寮屋变身有记

寮屋修成抵万金，清明梦托故人心。
居山碧水陂头绕，绿树门前鸟啭音。

雨中赏葵

雨中漫步对花巡，翠拥金黄似画真。
自被春风吹醒后，初心不改向阳身。

游广东第一峰

翠笼曙色沐霞烟，仰望高山耸浩天。
婉转行将深谷处，一帘水布眼中悬。

夜宿琼林

入骨寒风日早西，琼林夜宿鸟无啼。
童音晚诵经诗雅，悦耳甜甜让我迷。

流洞村庄

菜地青青对列排，锄园种养整藩柴。
泥房瓦屋甜酸梦，窄巷何时变大街。

黄江湿地公园周末夜语

望似星光闪眼瞳，银河疑坠镜湖宫。
繁荣遇见乡村里，昔日荒田变网红。

民艺馆听古琴品茶有感

静坐听琴品好茶，闻香悟道伴桃花。
开春别有新天地，艺馆文园绘九葩。

生日感怀

今忆慈柔倍感珍，年将耳顺忽知因。
当时未识人生苦，醒悟迟来愧母亲。

游黄江镇湿地公园

雨微花艳释纤尘，大地飞歌别样春。
昔日荒郊开画镜，梦中犹忆那时贫。

可园雅集得句

一

浓浓春日最堪夸，寻道名园醉落花。
木屋传来诗朗朗，欣闻才女玉兰家。

二

节里同游赏百花，百花赏罢品诗茶。
听吟佳句如临境，醉入他乡伴日斜。

朝　雨

峰岭潜形日隐穹，晨朝风雨望朦胧。
骤停刹见浮光现，又见莺歌落苑中。

立 夏

立夏来时日渐长，荷风竹雨润青秧。
山村此际人勤力，处处蝉鸣诵荔乡。

游西樵山公园

欣欣青草水弯弯，近赏花妍远眺山。
但见天晴光线好，追风树下借悠闲。

初夏夜杂记

清风拂绿影婆娑，散步乡邻渐见多。
说是天晴人爽朗，莲池放眼数新荷。

晨行拾景

潜鱼漾水泛河滨，旭日朝霞带露新。
花树凤凰红透顶，淤滩浅陌草茵茵。

小 满

坑塘小满斗蛙声，多少幽蝉入耳鸣。
独立窗前观雨落，院中花树寄深情。

春 分

推来此日又春分，欲上旗峰摘彩云。
若道天晴还带雨，风携蕊浪动千军。

咏 夏

春辞夏至季花新，放目青山画入神。
莫是熏风催锦雨，枝柯未许落纤尘。

大屏嶂遇雨

稠云暧霋嶂千峰，客入屏山鸟隐踪。
幸好凉亭斜照面，烟岚染雨困蟠龙。

采金银花

雨后山阴水气增，天灰路滑影孤凭。
分明布谷催行急，采得金银莫恋藤。

大 暑

素风云影匿仙踪，炙日敲门暑气浓。
百叶微醺憨睡态，邻家小狗懒慵慵。

过深中通道有怀

似驾长虹逆彩天，飞龙破浪跃云肩。
七年建造奇功立，两岸通途愿景圆。

父亲节

寻思父已百年身，厚爱如山仍感亲。
节里温馨犹在眼，还翻旧照湿香巾。

观　荷

玉莲探水试高低，脱俗清纯不染泥。
入镜横裁成画卷，由衷慨叹却无题。

荔枝香韵

家山入眼荔飘红，醉美村庄醉了风。
绿道穿行香气溢，繁枝摇曳笑声融。
一年辛苦终无憾，长夏甘甜始有功。
喜看岭南多桂味，骚人妙笔寄情中。

锦绣黄江

彩笔描成锦绣乡，今非昔比著华章。

校区典雅园林秀，道路宽平水岸长。

欣看高楼承好梦，喜观福地筑安康。

明灯璀璨闻歌舞，美丽黄江再启航。

夏　日

糯粽飘香染巷街，节逢端午惹兴怀。

门头艾草驱魑魅，水上龙舟破雾霾。

荔果玲珑珠洁白，芙蓉淡雅影清佳。

遐思屈子魂踪远，但愿诗心无尽涯。

陈敏文

东莞市黄江镇黄京坑村人，60后，个体户，爱好诗词。黄江诗联分会理事，黄江荔香诗社成员。

秋　雨

久旱逢甘露，秋临夜雨凉。
及时滋万物，野径草芬芳。

摘冠龙舟

千桨掀重力，听鼓奔前方。
离箭射银浪，终于夺桂芳。

咏　松

皮粗筋骨硬，爪硬长崖边。
凛凛历寒暑，巍巍笑问天。

赞厨师

铲勺轻挥炉火红，厨师巧手艺精通。

炒来瓜果油葱脆，烤肉烹鹅本地风。

焖羊肉

大锅柴火烩肥羊，分配材料随秘方。
酒未沾唇人已醉，佳肴入口齿留香。

炖羊汤

肥蹄筋骨煮羊汤，料配良材入瓦缸。
小火煴煴香气溢，养颜滋补绝无双。

诗联合并

八载勤耘不一般，齐心协力勇登攀。
满山荔果香犹在，璧合诗联就此间。

秋闲见闻

村姑抡铲乐荒田，钓叟抛竿醉岸边。
觅景哼歌凭兴处，相思托雁寄南天。

黄昏恋

层云碧染落阳斜，湖泛波光逐浪花。
耸树轻摇风忽起，清凉不慕恋红霞。

酷　暑

盛夏炎炎日漫长，天蒸地烤灼皮伤。
清凉消暑忧能解，犹记当时绿豆汤。

醉　荷

夏雨凄凄打碧荷，声声翠叶唱欢歌。
蛙鸣句句芳心动，谁不痴痴醉爱河。

观　海

苍茫碧水起青烟，半落红阳映海天。
银浪沙滩人已醉，清风奏曲乐无边。

初　秋

残暑初离早晚凉，金风习习菊花黄。
成排大雁南飞去，荔树秋霖叶又长。

高　考

寒窗十二去难还，刻苦勤耕敢勇攀。
相对真刀凭硬利，良才国栋闯过关。

古城洛阳游感

洛阳城里彩旗翩，怜此丛丹惜美婵。
风韵犹存谁叹古，繁花觅尽一宵还。

端午祭屈原

重五熏风正午阳，厨房裹粽巧工忙。
欣逢荔果满山熟，偶遇榴花遍地香。
忠实谏言书弑问，义官含恨赋文章。
离骚屈子冤千古，哀思悲叹气断肠。

初秋聚情缘

夏去秋来话集中，满怀激情喜相逢。
岁悠不觉年轻过，日久方知白发翁。
挚友劝言三盏少，良师励句一开通。
和谐同唱欢歌舞，共贺安康夕照红。

婚宴随言

爆竹声声震地天，奇男淑女喜良缘。

红妆带绾同心结，碧树开花并蒂莲。

戏水鸳鸯双比翼，和鸣鸾凤两成仙。

婚姻联合于今日，贵子生来在次年。

宝山脚下好家风（新韵）

宝山脚下好家训，勤俭提倡景象新。

夫妇和谐砖变玉，婆媳尊敬土成金。

村民互助扬正气，邻里相扶颂爱心。

四处升平歌载舞，八方奏曲籁旋音。

荔香诗报

陈锦宏

东莞市黄江镇黄京坑村人。现为广东省诗词学会会员，东莞市诗联学会会员，黄江镇文联委员，黄江作协理事，黄江总工会荔香诗社副社长，黄江诗联分会副会长。

读书随笔

习研莫叹暮年迟，展卷凝神阅古诗。
绝律双工堪典范，精华细品获真知。

深圳光明虹桥

一桥跨越贯青崦，势若飞虹诱目瞻。
魅力鹏城新壮景，盘游览胜感怀添。

师生缘

久违聚首感怀同，停箸频频碰玉盅。
褪尽芳华情乃旧，纯真固守与心融。

中秋夜

万里晴空玉镜悬，昭昭光泻耀中天。
怡然沐浴清辉夜，净化心灵好入眠。

红荔飘香

百果称王数荔枝，蜚声海外世间知。
丹裳剥落肌丰厚，色味尤佳入美诗。

黄牛埔森林公园夜景

清波辉映景相融，璀璨华灯耀晚空。
横卧湖桥光悦目，置身恰似水晶宫。

黄牛埔森林公园赏葵花

婷婷俏立态端庄，笑靥娇羞向艳阳。
逐色追香花海里，余晖隐影又何妨。

题黄牛埔美术馆书法展

众笔挥毫腕底狂，点横撇捺字柔刚。
砚台苦练功成就，墨宝传承继世长。

王晓丽老师格律诗讲座有题

黉宫授课女娉婷，娓娓言来韵律经。
论仄敲平皆透彻，名师解惑众聆听。

赞凤岗华侨中学舞狮队

铿锵鼓乐舞醒狮，扑闪腾挪展美姿。
技巧高难新套路，赴京夺冠九州知。

过玻璃桥有感

玻璃索道峭崖横，脚下深渊胆战惊。
岂敢环观千仞嶂，提心跬步仰头行。

山　泉

昼夜涓涓竞自由，千弯百阻不回头。
欢歌一路归何处，融汇江河入海流。

烈士纪念日感怀

庄严肃穆立碑前，缕缕哀思寄九泉。
烈士丹心昭日月，浩然正气撼苍天。

学诗心得

踏入诗门悔恨迟，无才腹内渴求知。
恩师引导明章法，韵律随心正可期。

早教幼儿园观感

天真稚气幼儿期，启智开蒙应此时。
借问摇篮谁最累，聪明学子话恩师。

黄江文联为揭阳梅云中学捐书

何辞路远送书香，一片真心卷里藏。
爱意殷殷期学子，蟾宫折桂耀荣光。

枫　叶

寒霜浸染换枫衫，美若丹霞影翩翩。
占尽秋光非本意，赢来赞誉显平凡。

题厚街鳌台书院

高贤科举占鳌头，世代鸿儒夙愿酬。
重教崇文薪火继，黉门弟子竞风流。

咏广州塔

珠江侧畔立新标，溢彩流光炫九霄。
欲问羊城谁抢眼，擎天一柱小蛮腰。

赞珠港澳大桥

浩渺烟波卧彩虹，三城要道一桥通。
绝伦技术惊寰宇，气势吞江旷世雄。

荔枝花

满树繁英焕日光，天然一色素颜妆。
虽无月季多姿彩，却有花间玉液香。

参观清溪茶园

琼枝滴翠绕烟霞，秀水灵山育嫩芽。
日月精华藏叶里，天然造化质尤佳。

清溪大王山赏禾雀花

垂帘串串雀花开，乍看相呼展翅来。
胜景斑斓添雅趣，纷邀墨客酿诗裁。

小蜜蜂

晨曦未曙入山岚，路转峰回百蕊贪。
酿造琼浆成蜜后，已留甚少予人甘。

题港珠澳大桥

浩渺烟波卧彩虹，三城要道一桥通。
绝伦技术惊寰宇，气势吞江旷世雄。

贺同学乔迁新居

建筑琼楼贺落成，飞红爆竹震天鸣。
门联墨韵书新意，仁里生辉瑞气盈。

咏　竹

凝眸一片翠筠林，挺立盘根入土深。
淡雅刚强怀大度，凌云得处乃虚心。

贺深中大桥通车

穿洋越海架高桥，势若蛟龙逐浪潮。
望断天涯终有路，驱车不再叹途遥。

劳动节礼赞

催征号角贯苍穹，捷报频传硕果丰。
冒险救灾多勇士，克难创业尽英雄。
凌波航母巡深海，揽月神舟探太空。
铸就辉煌强国梦，齐心勠力建奇功。

小 草

田畴谷底可安家，细雨滋泥吐嫩芽。
岂与群芳争艳色，只为生态献年华。
护林净气荒原秀，固土防尘景象嘉。
野火焚烧根亦在，春来叶茂遍天涯。

家乡河观感

清流一路放声歌，野鸭双双浴爱河。
碧水游鱼腾细浪，浅滩白鹭啄新螺。
消闲过客舒心境，逸兴乡翁钓月波。
霾雾根除唯众望，还原生态景观多。

乡村舞韵

月照灯彤万道光，谁家玉女巧梳妆。

轻舒彩袖随心转，曼舞罗裙伴乐狂。
垂柳细腰姿袅袅，清风拂面意昂昂。
何言已到阑珊处，一曲清歌兴正长。

春　色

白云飘逸蔚蓝空，旷野清新嫩草葱。
婉转鸟啼贪树绿，翩飞蝶舞恋花红。
风揉碧水流诗里，雨润青山入画中。
别样春光心绪畅，生机物态悦双瞳。

黄牛埔森林公园游

密林孤岛鹭翱翔，两畔琼花溢郁香。
曲径回环沿绿带，亭台错落赏风光。
一桥横若霓虹卧，千亩湖犹玉镜镶。
最好逍遥闲去处，何须神往慕苏杭。

贺荔香诗社成立七周年

风雨兼程历七年，和声聚力众心连。
敲平弄仄诗香醉，招友交贤墨韵传。
寄志抒怀描美景，倾情创意著华篇。

竿头百尺期赓续，号角催征奋向前。

"八一"军魂颂

扭转乾坤第一枪，雄师举义占南昌。

八年铁血驱倭寇，万里兵戈灭蒋帮。

反恐维和危不惧，救灾抢险志顽强。

横眉亮剑豺狼怯，勇立潮头戍域疆。

秋　景

小草茵茵绿满丘，天高日朗惠风柔。

白云脉脉欢情笑，曲水粼粼惬意流。

野陌一湖蛙鼓奏，长空万里雁啁啾。

篱旁菊绽幽香送，锦绣无边眼底收。

家乡生态美

绿道蜿蜒百里长，骑行览景路康庄。

葱茏秀木山流翠，潋滟清泉镜泛光。

草茂花嫣蜂唱舞，峦幽竹美鸟啾翔。

逍遥小憩悠闲地，享有馨风拂面凉。

园丁颂

暑去寒来岁月长，黉宫授业笔耕忙。
丹心耿耿传薪火，热血融融育栋梁。
烛泪流干情亦愿，蚕丝吐尽志仍刚。
清贫乐教高风范，且把青春鬓染霜。

喜迎盛会

京城盛会聚高贤，大计磋商追梦圆。
奋斗目标谋伟业，履行使命谱新篇。
振兴社稷初衷记，造福苍生意愿牵。
绚丽蓝图将绘就，神州更好在明天。

陈 吉

1968 年出生，湖北黄冈人，毕业于湖北大学数学系。从小喜欢看人物传记和古诗词文章。定居东莞黄江。现为荔香诗社社员。

向日葵

一朵初开后，金黄独到时。

风含清露蕊，春满晓霞枝。

香泛珍盘溢，红酣玉盏移。

生来非异物，不敢妒芳姿。

大梅沙

地接江湖阔，潮平岛屿连。

孤峰临水岸，古庙倚霞烟。

渔钓生新意，鱼龙变昔眠。

漫行长廊上，欢笑乐无边。

观毛老师腾飞相片有感

欢歌闻笑语，靓照足生涯。
野岸青烟合，山林白露斜。
鸟声春到寺，树影月归家。
忽现锄禾女，幽香簇晚霞。

岁末晚会

歌管随风动，纤腰向晚匀。
尾年如昨日，寒气逼怜人。
翠羽迎罗袖，红颜照玉轮。
黄江联谊会，花里斗精神。

参加荔香诗社年会感吟

结社越三秋，吟旌众力筹。
聚贤赓古韵，瀚海竞风流。
莞邑雄才出，词林平仄求。
荔香声播远，诗画颂神州。

老　伴

年少曾称伴，前生亦有涯。

自甘同草木，奋进类蜂葩。
一室贫能乐，千钟醉即赊。
鬓霜回首处，天地尽桑麻。

蝴　蝶

野蝶生无数，园莺欲向谁。
衔香知带蜜，逐影故依枝。
粉翅垂新叶，金丸落小诗。
春风随处好，留住少年时。

大屏嶂半日游

古寺深藏树，幽香半绕林。
不堪秋雨断，多是暮寒侵。
落叶随风舞，飞泉抱石沉。
登高怀远客，独坐有余心。

祝贺襟兄周一夫新书《巴源河上》出版

一纸巴河字，千金价莫高。
文章传后世，翰墨擅雄豪。
笔阵惊春草，笺飞入夜涛。

何时携老酒，共读楚骚陶。

山　居

溪畔人家住，春云护绿阴。
鸟声穿竹去，鱼跃带流沉。
野草铺新雨，园林隔断岑。
桃源近咫尺，不得见渔心。

冬

天上风光早，江乡岁事阑。
寒侵貂褐薄，冻合酒杯乾。
腊尽梅初绽，春生柳未残。
故园谁可赋，搔首独高端。

围炉煮茶

竹窗新火熟，一曲带冰盘。
小鼎烹云气，香粳荐露团。
月生秋色满，风度夜涛寒。
试问南山桂，何时宠辱完。

荔 枝

万颗含冰雪，千红映日明。
炎蒸初伏手，色润乍舒英。
玉蕊垂金实，香风递翠缨。
谁言不食后，却忆贵妃名。

蝴 蝶

野蝶生无数，园莺欲向谁。
衔香知带蜜，逐影故依枝。
粉翅垂新叶，金丸落小诗。
春风随处好，留住少年时。

摘荔枝

一树垂杨外，繁香满地红。
色疑天女子，名是笑丹公。
白雪千苞异，青衫万颗充。
何人吹铁笛，羌管入孤篷。

腊 八

腊鼓冬冬报岁除，今年又是立春初。

柳条渐展青丝线，喜气浮浮玉馔鱼。

黄牛埔看向日葵

天然向日有谁记，一片黄云映碧池。
卷起朱帘娇态见，攒时绿叶艳羞疑。
风枝拂地飘成阵，露叶承阳濯似饴。
胜景悠闲迎远客，独持芳酒对朝曦。

故乡的雪

一片寒空众玉铺，天边风雨落冰壶。
谁家吹帽梅梢瘦，何处飘裙缟袂孤。
庭院扫尘无雪见，清寒侵骨怯于狐。
明朝便作江南客，未许黄昏月下沽。

过　年

我赋新年几首诗，泥炉铁罐煮相思。
飘香丹桂盈庭院，梅艳墙角一线枝。
小女烹调忙饭作，婆娘拖地拭窗时。
功名利禄使人累，怎比掀帘看日迟。

故乡寒冬

雪花飞洒满城中，无奈愁人白首风。
万木不堪行客路，一窗唯有故园东。
孤村寂寞梅开早，落叶飘零雨打融。
欲问归心何处寄，楚天云树渺然穷。

瓦　屋

小筑茅茨傍水村，人家依树日斜昏。
新添石上青山色，不见窗前碧岫痕。
老鹤已归高士画，痴龙空护远公门。
谁能更入东州榻，共醉梅边一味温。

乡村随游

绿杨深处小桥东，烟雨霏微带晚风。
人静鸟惊花底出，水流鱼动树阴笼。
云迷远嶂晴还翠，日映斜阳暖欲红。
一晌随游天已暮，无须乘醉问渔翁。

立春吟

新岁今朝豪气横，东君何事巧催成。

梅开已觉枝头尽，柳放还因日脚明。
风引微波摇荇带，雨余细草飏鱼钲。
飘零游子归途稳，耕钓乡村彩鸥鸣。

咏荔枝

玉肌香味久不重，又见南园火后红。
红脸犹含朱粉透，翠鬟已入橘林东。
丹砂颗粒分瑶圃，绛实盈盘缀蜜筒。
一骑红尘来也速，清甘一醉傲天风。

夏

竹枝清润满幽居，小屋萧然一味虚。
门掩残红人扫叶，窗涵新绿篝生鱼。
山茶入碗尝春雪，溪鲤含波试夜书。
何事无营真乐地，闲来随意赋诗余。

雪

六花飞落夜空清，点缀檐牙势欲倾。
乍入寒窗还皎月，更添春水已无声。
高枝未辨栖乌影，短树仍疑宿凤城。

最好天心怜独客，吟人偏爱远山明。

卜算子·落叶

风急雁南飞，叶落江枫烂。相约公园看风景，目断遥天远。

去路指苍茫，旧恨眉痕展。回首家乡怕梦寻，只是惊心惯。

卜算子·家常便饭

家常为客忙，日日催耕利。无事闲来学打头，不管牛儿戏。

稚子笑翁慵，且把渔竿理。白酒黄鸡任满斟，一醉君休记。

邱继柱

又名邱持久，生于 1968 年，四川宜宾人，2006 年到东莞工作至今。中华诗词学会、广东中华诗词学会会员，东莞市诗词楹联学会理事，荔香诗社副秘书长。作品散见于《星星诗刊》《辞赋》《诗词世界》《诗词选刊》《南飞燕》等。

老　友

平常无巧语，来往慰凡尘。
听任流光老，一生还是真。

回　家

千里何称远，天涯咫尺间。
心如飞鸟越，随驾白云还。

参观黄江科技公园

盛事争先睹，时空越画屏。
掌中云数据，手摘满天星。

父　亲

从不言艰苦，勤劳性至纯。
买书教快算，挑担重微银。
力大双肩阔，风催两鬓辛。
悠悠魂永在，持久爱严亲。

摘荔枝

庄园山水美，霞彩沐香风。
架下仙翁乐，枝头妃子红。
株株邀客醉，粒粒品情融。
采摘皆同道，诗心漾碧空。

父母恩

双亲何以喻，厚爱胜春阳。
恩比高山重，情同江水长。
养娃承百苦，立世教贤良。
万语焉能尽，青松映月光。

谷雨前日

谁言春已老，风带暗香倾。

窗外游烟软，杯中翠色盈。
吟诗酬岁月，低首拾心情。
拂得浮尘去，闲听细雨声。

下棋自勉

浮生已半生，夕照踏征程。
跃马何堪急，轰炮不莽行。
河间知进退，界上辨阴晴。
俗事如棋局，淡看输与赢。

下棋自嘲

双方烽火起，楚汉界分明。
跃马心堪急，轰炮计莽行。
战机多错漏，谋略失纵横。
凳窄坐偏乱，输棋推倒枰。

货车司机

一双大手握担当，两岸青山丈路长。
夜起乡思联网见，妻儿笑语暖心房。

黄牛埔环湖游

青山捧出一湖幽，十里烟霞情至柔。
沉醉不知归去路，穿林听得鸟声啾。

忆相亲

犹记当时初见面，堂前羞涩定姻缘。
酒窝浅浅入魂驻，一笑偷偷瞅半天。

人生如网

人生恰似一张网，竖织横穿总是忙。
为欲为情总绊脚，不知归路在何方。

珠江夜游

万点明珠万点柔，一江灯火抱江流。
琼楼有韵涛声起，夜色无边醉客眸。

黄江荔枝园

垂珠凝露泛霞光，万点胭红十里香。
彩蝶欢心相媚好，勤蜂着意共痴狂。

清甜村落佳人笑，鲜美天涯游子尝。

似此情怀何所寄，诗花朵朵颂黄江。

咏港珠澳大桥二首

桥　韵

潮去潮来接远天，风摇浪涌白云边。

谁抛彩线波涛里，绣得春光万万年。

桥　魂

一桥飞架越重洋，百里蛟龙撼八方。

游子愁情今已去，轻车踏浪好还乡。

大美黄江（半字顶针）

银燕穿云鸣翠林，木棉花艳暖风侵。

人行田垄情依旧，日曜烟波画更深。

水阁清凉留倩影，三山环抱醉光阴。

月明香袅精神爽，大美黄江遍地金。

拜访黄江美术馆

盘松迎客抒怀长，娇艳丛花笑脸扬。

风拂梳烟山侧畔，云衔檐翼水中央。

才欣行草竞生色，复爱丹青暗沁芳。

助兴拈来三两句，抛砖师匠颂春光。

家乡又见兰花开

五月参差缀满株，枝头流韵暖风酥。

熏香暗送痴情许，紫色空蒙细雨扶。

一抹晚霞贪魅影，双栖翠鸟忘归途。

临江倾语来相见，醉了人生醉酒都。

卜算子·颂川军

川字字简单，笔笔忠魂铸。立地冲天义凛然，
誓死旌旗树。

千里出夔关，热血捐疆土。陷阵摧锋不苟安，
抗日铭千古。

喝火令·梦里见爹娘

薄雾遮圆月，青烟绕远方。晚风吹面恨茫茫。

追忆满怀难禁，无语话悲凉。

雁字乌云断，乡思彼岸长。几多萦梦见爹娘。梦里安心，梦里享慈祥。梦里一堂同乐，但听唤儿郎。

画堂春·题老照片

泛黄旧照忆青春，呆萌稚气天真。瞪开双眼却清新。貌似斯文。

对镜常惊已老，三高侵蚀残身。惟留一颗少年魂。笑看晨昏。

金错刀·听歌

江畔冷，月光凉。和君相遇在钱塘。谁怜树下年轮刻，无奈灯前夜色茫。

寻几世，泪千行。罗盘经错助离殇。同城辗转终难见，雨泣山山水水长。

临江仙·题榕阁仰杨慎

滚滚长江弹雅韵，烟波浩渺重重。霞光亲近顶天榕。曲根佑福地，茂叶入云中。

最忆那年安济庙，先生闲步相逢。慨然执笔诉情浓。今朝枝更绿，经阁仰文雄。

鹊桥仙·妻子交待

五申三命，千叮万语，在外谦虚和气。少餐少吃炼腰身，别挺着、肥猪肚子。

多存钞票，不贪烟酒，对我真情实意。毋须惹草摘花儿，若非是、榴莲罚你。

苏幕遮·看电影《八角笼中》

咽风霜，餐露宴。月冷云愁，遥望山高远。一任飘零何是岸。荒草无根，离雁声声叹。

握拳头，经百炼。笼外笼中，笑脸哪堪变。凉薄俗尘皆品遍。水上飞漂，惹得心思乱。

巫山一段云·献给装卸工人

肩上扛希望，腰弯步不停。养家糊口骨铮铮。风雨总兼程。

汗水濡薪水，亲情融爱情。妻儿连线忘酸疼。枕梦笑连声。

西江月·甲辰惊蛰

云把阳光洒下，风将沃土犁翻。花丛彩蝶舞翩翩。细听莺声一片。

惊蛰轻呼万物，雄鹰飞越山川。笑迎两会喜频传。歌咏春天灿烂。

行香子·淄博烧烤

架起丹炉，飞溅红光，八方迢慕盛名扬。鲁中特色，美味喷香。品烤葱饼，烤鸡翅，烤牛羊。

临风对月，邀杯把串，世间烟火抚心房。至诚至信，暇誉非常。看坐高铁，歌时代，唱仙乡。

眼儿媚·贺外孙女生日

真朴乖萌正髫年。乐趣自无边。扭臀跳舞，翘唇软语，尽享欣然。

隔屏最喜甜甜笑，生日祝千般。愿孙幸福，天天向上，步步朝前。

采桑子·初夏荷塘

且听布谷声声唪，合唱新蛙。惊醒榴花。数叶芭蕉映碧纱。

怡情最是香风扑，山水横斜。翠盖羞遮。欲摘莲心送给他。

烛影摇红·春日情思

细雨初晴，柳悠云锦湖空澈。寻香小蝶趁风轻，花畔言情切。

长恨经年离别。远芳菲、身单影子。且斟愁绪，且饮春思，何堪望月。

喜迁莺·老友小聚

春意好，晚霞来。花径为君开。命中缘分自安排。何等乐悠哉。

牛且吹，杯且满。恰似当年再现。凡尘俗事弃云端。新话有三千。

踏莎行·问药

寂夜风悲，断肠谁懂。琴箫听得魂儿动。举杯未饮泪先流，宽襟已瘦情沉重。

积念成伤，忘怀又梦。一枚红豆膏肓种。尊前还请赐仙方，闲愁敲碎心消痛。

如梦令·农贸市场

人影穿梭如蝶，买卖声声不歇。且看菜蔬摊，拣配黄花绿叶。心惬，心惬，烟火香熏风月。

满庭芳·英才汇聚

智造名城，人文热土，梦怀锦绣阳光。登峰远眺，处处莞花香。最喜滋兰树蕙，拓寰宇、奋力图强。兴科技，招龙引凤，天阔任飞翔。

赞英才荟萃，风鹏正举，意气高昂。志家国，殷勤肩负担当。百业追云赶月，初心在、赓续辉煌。朝前竞，出新出彩，咏唱满庭芳。

踏莎行·医嘱

壁虎胎浆，寒冬蝉蛹。万年枯草加冰送。忌油忌腻不天真，没心没肺忘千种。

切戒痴狂，毋宜贪纵。人如磐石居荒冢。笑言尊驾一偏方，绝情可镇相思痛。

巫山一段云·咏筷子

追溯三千载，钟情四季香。抱团合力入高堂。进退共担当。

百味同尝试，流年意未央。安然相守不疏狂。玉骨嵌诗行。

行香子·春到西溪

风过村庄，雨润芦溪。谯楼宝鉴荡虹霓。清幽闾巷，古朴宗祠。听鸟声鸣，琴声绕，笑声迷。

玲珑疏影，芬芳雅韵，玉兰偏爱绽春枝。歌飞画楹，月醉心池。品一壶茶，一樽酒，一行诗。

林杞权

广东陆丰人。中华诗词学会会员，汕尾市诗词学会理事、作家协会会员，黄江文联委员、作协副主席，黄江诗联分会副会长，黄江荔香诗社副秘书长。曾在《老年报》《南方日报》《汕尾日报》《廊坊日报》《诗词百家》《诗词月刊》《深圳诗词》等五十多个报刊发表作品。

观　海

大海起波涛，层层逐浪高。
心情同节奏，澎湃滚滔滔。

独　坐

独坐望浮月，河边蟋蟀声。
无人心自静，今夜免相争。

早上对镜而赋

岁月催人老，虚名已不寻。
镜前衰鬓客，日日有童心。

咏腊梅

横枝笑苦寒，妩媚立山峦。
玉蝶林间醉，游人花下欢。
严风追落木，腊月引文坛。
红白不争艳，望梅独兴叹。

甲辰年访春有记

岁月留不住，逢时去赏春。
过年心境好，沿路眼中新。
笑语随终日，风光动四邻。
如斯能久远，幸福给凡人。

无　题

焚香出世尘，何故去求神。
杀气惊天地，庸人问假真。
官贪非好事，业报有缘因。
道德常无视，怀才也误身。

与友六人夜游樟林古港

月落樟林港，萧寥半影中。

估船今已尽，津驿竟成空。
人去遗门巷，堂倾坐草丛。
当年关赋足，谁想水流东。

岁末有感

早岁离乡去，辛酸自个知。
临风开北户，做梦向南枝。
动色炎凉忆，飞黄日夜期。
十年门外柳，刻骨别家时。

客途梦断

虫鸣惊梦起，夜半素光临。
窗外风云静，池边草木深。
萤飞知客意，鱼跃扰人心。
寂寂新农舍，沙沙闻足音。

癸卯春雨

故里久无雨，今时落水清。
自知多屈指，谁说不关情。
计日千金贵，催春万物生。

静听声滴答，心喜便诗成。

海滩礁石上观夕阳

波涛激海边，起落白花延。
脚下千秋石，眸中一线天。
遥峰疑世外，晚照胜从前。
境界全非昨，心宽貌坦然。

大雪日

大雪日寻真，南方冬似春。
东山梅影瘦，北国玉花新。
淡淡待时序，悠悠看世尘。
俗情能脱尽，乐意做凡人。

日落偶题

莫听成败论，命运不能求。
富贵几人喜，贫穷终日忧。
功名如树色，皇帝在山丘。
上下五千载，谁将岁月留。

咏 梅

欲借梅花一缕魂，生来傲骨亦谦尊。
凌寒不改报春讯，雪压依然香满园。

游银瓶山有寄

似镜深溪倒影明，源头不尽响泉清。
三弯四曲身凉爽，幽翠山林百鸟鸣。

月有阴晴圆缺

月有圆时又有弯，千年一样照云山。
古今明暗无非道，强弱从来在世间。

大暑天偶题

赤日炎炎似火苗，午天更把地皮烧。
行人幻想遭寒袭，严雪飘来酷热消。

题初冬残荷

讴歌盛夏笑秋霜，危叶初冬沐夕阳。
礼让百花先绽放，三春过后又吾香。

乡　愁

扶栏望月盼归期，梦里醒来夜半时。
季已秋凉衣薄否，双亲此刻应思儿。

母　爱

思儿慈母笑颜开，坐等门前盼子回。
一见路人睁眼望，刚刚喜鹊叫声来。

游莲花山

瀑布斜飞明似镜，山溪水里鬓如霜。
此时不问红尘事，只顾花丛扑鼻香。

久旱逢春雨

东海龙王盼子归，百般贪玩弄珠飞。
四周滴答声声响，闻似春花唱久违。

中元节有句

去世皆知一切空，何来野鬼打秋风。
夜深无愧安心睡，天亮依然日出东。

山 游

水库幽深人迹罕，微波不起几时零。
谁知一径野花落，尚有天光山色青。

宾饮有作

宾饮三人屡尽觞，停杯敲击叹清光。
不谈世事心舒畅，嬉戏猜拳品酒香。

偶 作

凡人不必比高低，同是尘间富贵迷。
血肉身躯皆一样，百年之后化成泥。

大暑有感

烈日炎炎似利刀，耕牛泪眼可思逃。
家中若是三餐足，暑热乡农不用劳。

游汕尾捷胜渔港

欣欣无视北风行，汕尾骚人伴旅程。
大海迎宾银浪起，长空笑意锦霞生。

雪滩画里敲新句，诗友花前抒雅情。
殿外玫瑰留倩影，飘香渔港绕吟声。

喜欢正能量

每晨常看日升东，得意抬头面向红。
淡泊平生明远志，从容世俗树高风。
诗随文德承天道，情系黎民立地公。
不管浮沉多少事，人间疾苦在心中。

偶遇寄兴

谁知一觉日升东，犹记深宵友苦衷。
半世光阴留鬓上，当年形象落心中。
神伤意气人堪笑，迹在风尘路不同。
兼备德才方道志，哪能随便做英雄。

惠州名定千年

西湖逐景趁新晴，水畔红花一树明。
百丈山殊浮翠色，千年史定得芳声。
东坡已是仙灵客，仲恺谁知元老名。
轻扣峰腰书院石，依稀听到骨铮铮。

父亲节感怀

无言父爱古同今，恰似绵绵雨露淋。
甘愿粉身生乐土，苦愁香梦枕忧心。
不图享受亲情重，自是寻思夜色深。
未问何时头发白，只求儿女有佳音。

甲辰年春节有感

忆得去年梅信至，又临花海上春时。
嗟惊镜里朱颜改，难挡人间岁月移。
心铁远思明路向，鬓霜方晓任天随。
从前冷暖何须问，苦辣甜酸我自知。

癸卯教师节与师一席谈

莫道无田藉笔耕，谁知默默教前程。
常提故里旧交义，难忘当年夫子情。
心上独愁迷世路，梦中还念好门生。
满头霜发不言悔，只盼回音志洁清。

吟山腰小竹院

黄红争胜紫蓝繁，万种风情独小园。

娇韵分明缘竹院，暗香浮动向山村。

一牛藉草起身望，千蝶恋花随浪翻。

绕石灵溪清似玉，料猜云客叹桃源。

有　感

不觉繁霜两鬓侵，江湖举目少知音。

风清有径临花醉，夜静无人对月吟。

老矣寄怀新一代，时乎独处净三心。

佳名莫道能留世，千古银轮转到今。

阮郎归·梅花颂

北风吹送腊梅香。横枝绿萼昂。叹冰魂斗雪欺
霜，白红皆淡妆。

立寒冷，绽芬芳。谁知满岭岗。清绝世无双，
铮铮铁骨强。

卜算子·早夏

红日出青山，村外眸寻景。麻雀声声两面来，
一路随乌猛。

最是刚低头，田绿生诗兴。先嗅今年早稻香，

可喜仓粮盛。

西江月·无题

两鬓愁生俗耳，几人听进忠言。常逢酒后说从前，窘境亲朋不见。

思昔时何米贵，论谁个未心酸。凝眸大海水连天，日落孤云一片。

西江月·修养

谁叹独知厚薄，自强何惧炎凉。身穷养志又何妨，冷眼豪情万丈。

富贵门庭若市，是非言论无常。平心利禄与沧桑，注重人生品望。

罗兰文

1967 年生，湖北人，重庆后勤工程学院毕业，1997年转业，在湖北鄂州市工作，现已退休，客居东莞黄江镇。热爱诗词书法，现为黄江荔香诗社成员。

三八节落花

又一年三八节，同学发落花图，是作，以贺女神节，以惜落红。

仲春红满地，大半挂枝丛。
总为不足数，一朵在心中。

秋　思

秋风邀落叶，苦雨恨离花。
莫道人生短，青山是吾家。

冬日随想

入冬青不减，北地可银妆。
未敢思兄弟，思来须断肠。

酒后街边独步

经冬花不睡，街市酒还催。
夜夜孤枕素，朝朝祈侣回。

雪与石

女儿自天津发来一组白雪皑皑的照片，适逢东莞公司做爵士
白大板背景墙，故作。

盘山峰下白，莞邑石冰凉。
心似纤丝素，秋冬自不伤。

七一抒怀

九九堪回首，初心几个留。
星星租界火，滚滚浪头舟。
血染湘江水，旗开遵义谋。
山河祈一统，伟业盛千秋。

元　旦

元旦腹中存旧酒，总因去旧灌新愁。
一年初起应多梦，梦醒时分又一秋。

冬至夜微醺

总把相思伴夜长，今宵一醉梦还乡。

常馋小辣煸腩肉，不恋三姑煮靓汤。

端　午

年年分粽为屈翁，汨水潇潇济世穷。

千古离骚存国恨，三杯浊酒祭荆雄。

清　明

妻在微信上发岳母坟前祭图，哀，始作。

微信频传纸化烟，清明北望泪潸潸。

孤坟千里无时问，浪打浮萍风雨间。

禾雀花

风情串串挂前村，化着人间藤上魂。

春雨多情她不叫，但留香气满乾坤。

桥头油菜花

元宵节桥头看油菜花，无奈花残，始作以记。

残红青籽过娇期，褪去新黄著绿皮。
招惹蝶蜂非本意，花开花谢一菩提。

除　夕

百二年前庚子款，千门万户恨国殇。
今宵焰火频频起，正告人间夜未央。

除夕前夜逛花市

夜半携妻逛花市，无人，花依然绽放，有感而作。

岭上溪边无处见，今宵露重送春来。
李桃梅菊休相妒，岁岁时来次第开。

芙蓉峡观瀑

清晨，一人入古寺，游芙蓉峡，观瀑听流水淙淙，始作。

一

仗剑劈开几万重，银河跃过祝融峰。
奔雷阵阵惊飞鸟，打破瑶池泻酒踪。

二

己亥春，闻韶关一战友病逝，甚痛，一人又登芙蓉峡，是作。

谁持银练丈千崖，破壁穿岩舞白衫。

绿树春红留不住，神女瑶池叹下凡。

三

素手掀翻玉液壶，九天泪怨溅真珠。

珠凝白练穿霄汉，犹是蟾宫美女呼。

四

此地经年也未开，林间小径满青苔。

芙蓉白水清流续，俚语谐歌唱雅哀。

五

芙蓉如面水如人，春夏秋冬梦不真。

绝壁千岩悬几线，奔腾至海土为邻。

罗传文

笔名：楚湘浪子，70后，大学文化。东莞诗词楹联学会会员，龙凤诗派九期学员，黄江荔香诗社社员。作品在各诗刊、公众号发表，有作品获奖。

秋 兴

柳色夕阳裁，墙边寿客开。
半湾山水丽，一缕管弦哀。
人倦时行矣，秋深景美哉。
林禽鸣曲折，慰我意徘徊。

神十四游太空有寄

英豪大宇翔，忠义慰高堂。
壮志丹心路，才名报国疆。
上天牵皓月，万里揽晴光。
他日功成后，轻言谢故乡。

咏　梅

疏影舞风狂，冰魂志节刚。
如何惊客醉，只为报春香。
雅韵同兰蕙，幽姿共雪霜。
知交松竹友，入世赋骚章。

初冬即景

连日北风吹，寒生落叶悲。
清霜浮野径，冷露湿梅枝。
觅句当窗咏，衔杯剪烛思。
眸中萧索景，恰似鬓毛衰。

霜　降

柴门斜径处，但见草枯黄。
橘树悬佳果，茅檐散桂香。
风高吹面冷，露白湿衣尝。
时序有衰盛，何由怕著霜。

秋　分

往事侵人意，羁愁泪目横。

遥思茅舍远，别后水乡萦。
此际登高望，天涯并影行。
秋分怜雁旅，月满共谁生。

教师颂

红尘谁最美，当属世间师。
秉烛读书省，登台授业痴。
丹心传大道，白发弄疏篱。
树老根茎壮，忠魂护嫩枝。

春　雨

新雨晓晨听鹧鸪，倚楼静看柳如酥。
人间自有春情好，万里江山似画图。

重　阳

忽闻故里菊新黄，却是天涯梦一场。
何必登高愁往事，不妨茱酒赋重阳。

晚　秋

菊弄清香秋已晚，荻芦飞雪忆湘城。

幽思尽起谁同诉，只有鸣虫一二声。

暑 热

日照柴扉酷暑浇，乱摇蒲扇汗难消。
人间八月思秋雨，洒向禾田救稻苗。

中秋夜抒怀

去年此夜渭河旁，火树银花溢彩光。
今又中秋时节好，孤鸿南粤约吴刚。

过午江山花园拾句

扑面高温汗水添，新蝉树上噪声尖。
堪寻爽气无他处，前路枝阴避热炎。

雾 凇

一夜寒生温骤降，银绒漫撒遍枝丫。
眸中尽是蓬莱景，贪赏忘情忘了家。

夏至归乡即事

故乡此际稻翻花，溪水悠悠落钓槎。
云碧山青翔白鹭，村明柳绿映流霞。
歌声婉转吟朝露，笑语从容弄早茶。
最喜归来翁与乐，杯杯浊酒品桑麻。

游子吟

滔滔碧水洗风尘，寄语征鸿慰陋身。
日夜思归幽意胜，梦魂对月故情醇。
可怜宝岛千家泪，遥望神州万里春。
愿向刀丛凝剑气，扫除敌寇渡平津。

南粤冬日感吟

冬来不见白霜侵，水阔无边耀彩金。
念此长空南去雁，还同落照晚吟心。
轻帆日映凝成画，翠浪涛生化作琴。
莫道征途总孤旅，修行岂怕寂寥深。

国庆颂

又逢国庆唱欢歌，桂子芬芳暖意多。

万里江山飞旖旎，三秋草木舞婆娑。

红旗猎猎腾朝气，黄菊翩翩漫夕波。

不改初心圆富梦，凌天壮志渡天河。

大　雪

北风催雪夜如银，炉火翻红暖碌身。

浊酒深杯犹欲醉，清弦丽曲最宜人。

声声折竹非关忆，眼眼看梅岂问因。

稚子怀中酣入梦，不知琼粉又偷春。

秋　收

已是深秋十月天，金黄稻谷压弯田。

机声曲奏丰收季，日影晴分厚泽年。

粒粒归仓人置馔，家家赋酒尽开筵。

如何觅得怡情句，取次乡关半笼烟。

八一抒怀

八一旌旗荡赤霞，男儿卫国卧寒沙。

操军只为强军梦，逐寇频将弱寇拿。

今又生辰余霁色，几看吉日尽春华。

人间有我神兵在，康乐安居万众家。

小暑归家有寄

时临小暑楚乡归，入眼村家鸭正肥。
檐下闲听雏燕语，湖边独坐落花飞。
相酬酒盏吟农事，欲写诗篇咏翠微。
俗世浑如尧舜治，学贤知礼可忘机。

国庆吟

猎猎红旗舞紫烟，乡音袅袅彩霞翩。
三秋有韵归心起，两岸浮香旅梦连。
月下凭栏吟短句，花中弄笛赋长篇。
感怀盛世民生富，万户千家沐舜天。

咏　菊

清姿饮露立墙边，百卉凋零我独妍。
但见新黄枝上舞，遥知秀色月中翩。
平生素影唯君醉，一寸冰心万古传。
养志悠然尘世里，含香自在几千年。

除夕寄怀

归来岁夕享悠然，三世同邀乐院前。
痛饮门庭千古浩，欢歌笑语一堂翩。
道难最是怀良弼，家盛惟堪有后贤。
每忆中华康靖好，犹思故里八分田。

家乡春雪

昨夜西风漫北塘，今宵瑞叶覆家乡。
满园尽是茫茫白，千树难寻灼灼芳。
春入潇湘寒不退，冷侵楚汉暖深藏。
依稀柳色浮新翠，点缀梅花弄暗香。

初夏归家有寄

南风细细欲翻帘，阵阵馨香绕屋檐。
梅子清幽迎过鸟，芦芽窈窕唱新蟾。
一吟暑气莲华美，独抱禅心佛意沾。
别后难追乡国事，归来自笑鬓霜添。

江城子·浮生佳境是心安

浮生佳境是心安，日锄田，夜酣眠。惯看江湖，魅影舞翩翩。我自篱园勤力弄，耕蕊里，饮花间。

喜山乐水快无边，舀甘泉，煮茶鲜。清享时光，知足得余闲。嗟叹红尘名与利，身外物，累人寰。

临江仙·盛世感吟

豪饮西楼谁与醉，幽吟盛世年华。弄弦佳曲赋桑麻。不嫌春事尽，应慰夕阳斜。

水宫仙子池中漫，雅情频弄胡笳。时光静好历天涯。晚风生爽气，明月照仙槎。

浪淘沙·消暑

窗外漫蝉声，热浪围城。大街不见有人行。暑气烧心心更热，堪想甜冰。

日色满楼庭，陋室如蒸。恼人汗水向身腾。何处才能消暑气？心静神清。

山花子·暮春

无意从来不倚栏。幽思默默对春天。但觉韶光逝如水，赋流年。

粉蝶恋春春欲尽，黄莺弄柳柳无言。眼底红英纷落去，叹春残。

临江仙·清明寄怀

不觉春深杨柳绿，庭园啼鸟欢鸣。蜗居倚槛赏红英。世间春正好，可惜疫难停。

瘟神反复心不静，万头千绪无凭。疬云兜转苦愁生。堪堪春渐失，负了此春情。

唐多令·春思

桃蕊暗香稠，燕儿软语悠。默凭栏美景盈眸。移步小园春漫漫，蜂往返，蝶无休。

漂泊又三秋，静望春水流。此时情谁共兰舟。几许相思啼杜宇，斜阳暮，更添愁。

定风波·夏日随吟

避暑慵看岸柳青，飞来湖里水泠泠。唯有新蝉歌此景，没影。热炎扑面惹人憎。

汗水盈头流脖颈，湿领。小亭独坐念香冰。怎就无风吹脑醒，咋整？还须心静自凉生。

苏幕遮·暮秋遣怀

暮秋寒,幽菊素。碧水连波,惟见孤舟渡。岸柳叶黄谁共顾。极目长堤,遣意新词赋。

念乡心,悲客路。独倚凭栏,缱绻斜阳暮。弹得管弦思习故。风弄愁肠,岂料愁难诉。

浣溪沙·国庆

霞跃九州云水接,金秋十月红旗猎。迎国庆华章激越。

三秋咏叹吟词阕。两岸新声谋契阔。共赋初心同寄月。

醉花阴·暮春寄情

只见桃花纷落去,归燕廊下语。柳绿鸟鸣啾,蛱蝶翩翩,时序春情暮。

叹春不识孤人绪,暗暗相思苦。著意抚琴弦,路远山遥,怎把乡心诉。

鹊踏枝·暮春踏青有寄

乌鹊鸣枝烟柳翠。满眼残红,春晚谁知味。耳畔管弦频弄意。穿云燕子优姿媚。

晓日晴光凝紫气，兰草馨香，似把衷心寄。只是羁途望影丽。此情难共孤心碎。

蝶恋花·春逝

栀子池边香万缕，莺啭红英，只是春归去。又见燕儿廊下叙，恍如昨日卿呢语。

梦里朱颜留不住，枉自相思，空把新愁诉。谁共此情吟玉树，熏风不渡离人苦。

水调歌头·咏八一建军节

八一军旗烈，歌咏响云天。赤诚忠勇，不怕坚险戍边难。纪律严明友善，敬业侠肝义胆，只为保平安。报国离家去，踏遍万重山。

丛林卧，险滩越，锻身坚。百年砥砺奋进，弹指一挥间。甩掉步枪小米，又拥东风航母，巡海斩狂澜。世界多人杰，独我子孙贤。

罗新洪

1963年1月出生，东莞市谢岗南面村人。东莞市谢岗中学原体育教师，从教40年。荔香诗社社员。

读书不畏寒

骤变天穹刮朔风，寒流袭击校园中。
但闻朗朗皆书语，谨惜时光下苦功。

秋　韵

满树香花庭院栽，沁心佳味送门来。
千红万紫层林染，两岸沿河菊又开。

腊八粥

年逢节至返家乡，老少团圆夜未央。
锅里杂粮柴火旺，情浓腊八粥飘香。

谢中校园

信步书园路径巡，百花鲜艳绽芳春。

经年古树吐新叶，紫燕与飞若故人。

游银瓶山有记

一

自古逢春草木知，千红万紫斗芳时。
银瓶欲问花多少，只见蜂飞不肯离。

二

雨后家乡景色新，白云山绕惹凝神。
银瓶更有芳林秀，遍野青青绝俗尘。

三

寒冬日里艳阳天，拾步银瓶赏自然。
曲径花香堪引蝶，林峰叠秀影如悬。

四

草木枯黄寒意笼，银瓶山路落英丰。
涧沟水浅浮沙石，但使游人乐趣中。

五

树茂莺歌花始红，溪边拾径沐清风。
山泉煮水添茶味，礁石围炉谈笑中。

登高眺远

独自登高眺远方，山溪两岸草枯黄。
秋风送爽来相伴，共赏银瓶野菊香。

庞长山

网名：一叶浮萍，1981 年出生，河南省确山县人。东莞诗词楹联学会会员，黄江荔香诗社社员，河南省诗词学会会员，确山县诗词学会会员，确山县作家协会会员。

庚子惊蛰前三日见栀子花开

雨洗琼枝碧，风摇芳萼白。
此花莫采多，一朵香盈宅。

横沥印象之辛丑暮秋行

十年居小镇，半个岭南人。
秋暮重寻访，牛墟处处新。

丁酉春题竹沟革命烈士陵园

昨落清明雨，今吹三月风。
陵园松柏翠，碑墓载丰功。

戊戌年除夕

除夕立春一日同，声声爆竹乐融融。
山村翁媪年年少，十户危房九户空。

庚子小满闻故里久旱作

岭南连日雨，偏不落吾家。
浇水鸡初醒，归村日已斜。
儿孙辞故里，翁媪事桑麻。
滴滴眉心汗，株株垄上花。

贺荔香诗社诗词学会创作基地揭牌
（步王晓丽老师韵）

隔屏闻喜讯，银匾挂轩堂。
风起红绸动，诗随雅乐扬。
六年勤播种，今日得华章。
吟苑花千朵，新开数荔香。

庚子小雪山厦村张九龄诗词品读会有记

小雪如期至，岭南春替冬。
红花依绿水，彩蝶戏黄蜂。

耳畔曲江句，眼前唐女容。

诗风盈纸扇，人去意犹浓。

庚子春赴村头百亩葵园有题

身虽生四野，心却慕瑶台。

昂首蜂频至，回眸蝶自来。

熏风舒碧袖，丽日染红腮。

若解卿卿意，何须七月开。

春　耕

南粤百花盛，黄淮布谷鸣。

遥闻残雪尽，应是小河平。

院里童声噪，门前燕语轻。

爹娘无暇管，急急事春耕。

步马凯先生韵兼贺中华诗词学会五代会召开

微信传佳讯，诗群唱和声。

韵承今古韵，情续宋唐情。

入夜眠难入，萦心梦复萦。

思潮平地起，直向九霄鸣。

癸卯秋过柳子庙

愚溪烟渺渺，文庙客悠悠。
往事成云雨，奇篇寄永州。
十年留八记，三绝耀千秋。
意欲拍街景，佳人满镜头。

丙申冬至闲吟

挑文捡字上蒸笼，纸作薪来笔似风。
丹墨轻沾生旺火，烹词煮句一厨工。

己亥夏题溪山雨意

雨洒丛林水漫堤，丝丝凉意自筠溪。
风君郁郁岚深锁，烟霭茫茫径遂迷。
船影遥遥千岭秀，画廊隐隐九天齐。
云开未见炎炎日，轻舸渔歌已向西。

鹿鸣诗社五周年庆

为求一韵郁磐磐，喜见高吟三百篇。
空有诗心才浅浅，恨无诗草遍田田。
不曾春岭观禾雀，犹未冬湖荡竹船。

初入鹿鸣逢两庆，且呈拙和当加鞭。

贺东莞市诗词楹联学会黄江分会成立

时雨频频报吉时，枝逢新雨展新枝。
雅风过岭红云雅，驰誉乘风碧海驰。
载酒载歌吟八载，诗心诗眼集千诗。
金科伟业高朋聚，共盼荔香扛大旗。

荔香诗社成立七周年

南粤吟声震九天，宝山脚下韵清妍。
诗坛七载诗心播，词海今秋词赋传。
社里王师谈古调，樽前雅客颂新篇。
身羁琐事身难往，律祝荔香常向前。

注：王师指王晓丽老师。

癸卯暮春祁阳行

眼里祁山梦里人，朝思过往暮思亲。
春飞粤岭花飞径，水满湘江泪满巾。
始料终成难料事，皆由未获自由身。
今生缘起三生石，一丈愁丝百丈尘。

癸卯秋过永州

花自凋零水自流，凡人多有扰心愁。
风扶鸢鸟出南粤，云锁浮绳系永州。
草木沾霜成异彩，炊烟掩日绘深秋。
人生孰可皆如意，观景翻书又一游。

甲辰七一

一百零三砥砺行，腥风血雨向光明。
锤镰聚集三军志，鼓角交鸣百将声。
历历英豪成史课，昭昭勋迹引诗情。
那年那月那旗下，誓语喧天表赤诚。

行香子·壬寅暮春

春意浓浓，草木葱葱。蝶翩翩、花影重重。莺声啭啭，燕语融融。有云悠悠，风款款，水淙淙。

新荷细细，清波渺渺，日斜斜、暮色彤彤。丛林寂寂，过客匆匆。见月朦朦，星熠熠，夜空空。

喝火令·癸卯霜降

未见萧萧叶，惟余细细云。岭南霜降似三春。蜂蝶百花齐舞，黄鸟语嗔嗔。

旧卷床头摞，新霜鬓角存。看山看水看闲文。不羡空门，不羡自由身。不羡众生形色，落落一凡人。

喝火令·张九龄诗词品读会未往

若有分身术，何须失雅音。彩排过后月西沉。台上三秒呈现，初夏至秋深。

书会无缘赴，图文尚可寻。友圈点赞当亲临。莫负词兴，莫负句难斟。莫负夜间成韵，藉此慰诗心。

苏幕遮·辛丑暮秋赴荔香读书会后感

夜犹深，眸难寐。思绪如潮，思绪如潮汇。堆絮重填仍少味。欲遣新词，欲遣新词匮。

卷翻残，灯觉累。仄仄平平，仄仄平平配。误入吟坛心不悔。许是书香，许是书香醉。

喝火令·己亥夏偕儿赴月塘湖

烈日流真火，鸣蝉奏梵音。纸鸢摇落一湖金。蒲草漫随波动，堤柳自成荫。

纵拾童年趣，堪平不惑心。我拿渔网子欢擒。笑看鱼逃，笑看鸟归林。笑看路人皆去，小脸喜难禁。

西江月·荠菜包

本是田间野草，却成桌上佳肴。粉条鸡蛋一齐调。若配菜干更好。

温水拌匀发面，薄皮足馅轻包。上笼蒸至味香飘。吞下几多能饱？

临江仙·题庚子高考

一

十载寒窗磨一剑，今朝一决雌雄。考场母校两空空。未闻将进酒，不唱满江红。

金榜题名传捷报，山村如沐春风。远房亲友又相逢。重提久远事，欢聚草堂中。

二

同校同师同食宿，考场才见英雄。欺人欺己两头空。听闻揭榜后，父母眼圈红。

名落孙山惭欲绝，他乡孤自吹风。不怕辛苦怕相逢。谁留生产线，谁在校园中。

踏莎行·癸卯初夏祁阳行记

晨雨绵绵，榴花窈窕。学堂归罢厨房跑。小厨上阵大厨闲，一餐饺子三餐饱。

鸟语啾啾，云层缈缈。临窗又见斜阳笑。无忧无虑少年人，双双吟唱潇湘好。

郑建林

　　微信名美洲虎，1971年生，原籍湖南岳阳，现为广东省书法家协会会员，东莞市黄江镇书法协会副会长，东莞市常平镇硬笔书法协会会员，东莞市诗词楹联学会会员。荔香诗社社员。有诗作发表于《中华词赋》、《神鼎风诗词选》和《作家美文》等刊物。

清溪禾雀花

远眺群峦满翠薇，繁花处处沐春晖。
清溪造化真神秀，禾雀山头串串飞。

节日休闲题

兴家创业在南粤，两鬓悄然白发生。
节日休闲无处去，怡和苑里伴蝉鸣。

咏　梅

点点梅花深雪里，悄然怒放暗香来。
堪忧三月群芳妒，犹趁严寒早早开。

春节返家乡

奔波生计下南疆，临近春节返故乡。

风雪绵延高速路，双亲日暮望前方。

怀念父亲

孤居莞地夜阑珊，北望家乡梦里还。

远远村头呼唤我，醒来不忍泪潜然。

中秋月亮圆

夜色苍茫云水间，常年羁旅少宽闲。

可怜疲惫孤单影，尤怕今宵月亮圆。

新社会新生活（新韵）

自从南海划渔村，卅载沧桑甩赤贫。

百尺琼楼观日月，几番火箭探星辰。

平台购物多方便，高铁出行无热闷。

汉帝刘邦如再世，今朝可愿做黎民。

永记袁隆平（新韵）

湘江昨夜浪潮惊，远眺衡山哀凤鸣。

总愿人间饥饿少，唯求地里谷实丰。
家家饭碗添金满，岁岁农田伴月明。
子子孙孙长记忆，杂交水稻有隆平。

纪念抗美援朝战争七十周年 （新韵）

战火燃烧犯近邻，出兵百万挽乾坤。
和平正义难言败，侵略强权妄永存。
鸭绿江边桥影旧，上甘岭上炮声沉。
长眠异域英魂苦，莫忘援朝志愿军。

桂林行

未待桂林丹桂香，金鸽诗会聚漓江。
灵山秀水风光好，靓女才男雅韵长。
十里画廊消酷热，千年溶洞纳清凉。
临行顿起酸酸意，阳朔缘何不故乡。

黄牛埔水库行

烟雨莽苍苍，小城三月凉。
行人湖岸上，飞鹭水中央。
细浪微风送，绒花瘦柳扬。

南门书画秀，绿道紫荆香。

忆秦娥·广东饮茶习俗 （新韵）

秋风凛，只身茶室清茶品。清茶品，诸多尘事，夜深难寝。

南方追梦时光任，俗心难改乡愁甚。乡愁甚，他年故里，且将茶饮。

忆秦娥·游清溪大王山 （新韵）

轻风过，鹿城春色如泼墨。如泼墨，群峦高耸，水长天阔。

大王山上亭中坐，黄昏已近斜阳落。斜阳落，翩翩禾雀，正风姿绰。

忆秦娥·闻清溪获广东省诗词之乡而作 （新韵）

桃花俏，大王岭上千藤闹。千藤闹，又佳音到，雀欢人笑。

痴情诗赋终得道，从今诗赋年年好。年年好，银瓶高处，鹿鸣山峭。

苏幕遮·癸卯中秋（新韵）

用空调，开电扇。已是秋分，无奈全身汗。酷热难消江两岸，南岭山菊，垂首夕阳晚。

又双节，同庆诞。街道灯杆，悬挂红旗满。备好行囊急待返。羁旅多年，只把家乡盼。

苏幕遮·荔枝又丰收（新韵）

满山坡，垂碧树。肉脆皮红，晨起流清露。更喜丰收超百亩，吃荔时节，宜过完端午。

看杨妃，开驿路。车载甘鲜，快马加急苦。今日平原高速覆。千里京都，美味尝随处。

苏幕遮·龙年春节回乡所感（新韵）

做糍粑，熏腊肉。城里乡间，年味浓浓透。年迈双亲期盼久，儿女归来，共饮团圆酒。

奔南国，留老幼。辛苦经营，仍叹粗衣袖。祈愿囊中能略有。常想何时，只把家乡守。

卜算子·咏梅

大雪覆千山，万物寥生气。水岸凌寒独自开，袅袅堪无意。

酷冷暗香浓，玉韵知难比。待到飞花遍野时，正报来春喜。

段春廷

笔名隐农。湖南株洲茶陵人，现居东莞。中华诗词学会、深圳市诗词学会会员，东莞黄江荔香诗社社员，黄江诗联分会秘书长，广东文社、株洲诗词、中国诗词研究会会员。诗词散见于多家刊物及网络诗刊。

江　上

江上秋云薄，柳垂遮翠微。
沿流多异景，千里共清辉。

与孙段雨杭

红日探头笑，清风晨步早。
爷孙捉柳花，相看春光好。

秋　月

天净蟾辉霜雪寒，枕鸳梦断不堪残。
今宵有语休辞醉，明日何人倚曲栏。

秋 夜

洞涩轻寒缓薄流，万林疏叶又清秋。
空窗月色蛩无息，千岭通明梦自幽。

孙子督促看书感赋

风展兰亭林翠珠，窗前得景意清舒。
跚跚奉上徽文笔，好个孙儿劝读书。

秋夜曲

霁月秋风柳拂杨，花亭对饮自添香。
窥知明日何方去，山谷荆茅换玉觞。

鹏莞日日雨有叙

雷掣霏霏巷积渊，视多麻木已泠然。
莫嗟愚拙心犹铁，更恐违常反怨天。

中秋月

风卷轻云夜色清，银河分外玉盘明。
谁人期盼月新满，看是无情似有情。

癸卯年中秋前

玉宇无情似有情，鹏犀空碧兔辉明。
问君何意牖前伫，莫把诗愁化雨轻。

楚客之夜

转流秋半月当空，扶醉楼云露浸风。
满目清光寒里透，无情岁月也忧忡。

秋　月

雨华天净暗香生，今夜风微玉兔明。
亭内孤寒终得伴，石床枕臂听秋声。

落　叶

移步苔床树影中，提壶涧碧落飞红。
莫嗟溪水东流逝，闲坐看松杯不空。

望　月

四顾峻山千里景，难消心绪旺村情。
倘然今夜君怜义，直盖鹏犀天地明。

晚　归

花间露滴鸟初飞，日落微凉野蝶依。
仰首云开天宇净，提篮吾伴月明归。

中　秋

登陟雷峰独自斟，蝶飞黄鸟暮长吟。
可怜风急穿亭破，犀莞月明可照心。

北入武深高速汝茶段

轩入湘南气更新，蔚蓝天宇净无尘。
沿途风景君知晓，秀色层峰倍爽神。

怀　旧

投石浚潭溅出愁，银河玉带舞风柔。
清波莫问今来处，柳下无人横旧舟。

昨夜大雨

风驱雨急洗天明，水淹龙田泛海城。
似诉坎离悲堕泪，上苍无奈月和惊。

糯稻插秧节

芒种寒楼苔壁青，清溪九曲戏蜻蜓。
长歌袅袅莳田日，新酒秋成醉墨馨。

莲雾皇帝果

爽口香甜色浅丹，宜神清热性凉寒。
天生玉玺皇家印，能盖人间世永安。

姚珍贤

20世纪60年代末出生，女，原籍湖南，转业军人，转业后在东莞黄江工作20余载。黄江作家协会会员、黄江荔香诗社社员。

夏日晨练

穿云旭日映霞光，舞动幽林笑脸扬。
莫怕澄波生热浪，由来心静自然凉。

黄牛埔美术馆

幽亭曲槛一华堂，翰墨飘香绕画廊。
傍水依山成福地，藏龙卧虎满荣光。

长滩踏浪

银花朵朵曳空腾，点点风帆共日升。
万里长滩千尺浪，引来笑语入云层。

故乡小河

谁家小鸭浴溪河，惹起鱼虾荡翠波。
梦里常思捞捕趣，又怜岁月慢蹉跎。

岁末感怀

曾经意气梦天涯，岁晚吟诗墨韵斋。
纵使尘埃催鹤发，书香依旧寄情怀。

月　夜

矜持月色掩神伤，摇曳轻风梦远方。
不问流年多少事，只留美好化诗行。

红河多依树梯田

红霞云海水天齐，万壑千岩独自栖。
无路通行何得立，直教尘世叹仙梯。

环游黄牛埔森林公园

一帘新雨未成泥，乐在环湖绿野畦。
蜂蝶不来骚客舞，还惊白鹭岛林啼。

文化公园菊展

金蕊香幽夜露迷，蝶蜂喜舞艳丛栖。
谁人会得东篱意，把酒临风古韵题。

春游兰圃

兰园雅韵远凡尘，溢彩流光别样真。
闹市寻来清秀地，闲游自此不愁人。

游华南植物园

珍林秀木伴泉流，异草奇花炫眼眸。
万绿丛中斜照里，金黄杉影独知秋。

日　历

昨天已去不能留，今日新来怎可忧。
易逝韶华常有恨，凡尘一笑便无愁。

独行海珠湿地公园

行尽幽林见碧波，龙舟习练试新歌。
花桥静享秋光美，万物由心意趣多。

又至端阳

碧水蓝天任尔游，思怀慰藉莫言愁。
可怜彩艇波心舞，不似乡河竞赛舟。

乡　晨

玄鸟呢喃绕屋檐，朝霞晕染细纱帘。
半生辗转归来客，忆起辛酸也是甜。

海心桥观落日

斜阳似火染江空，游客行舟入画中。
待到蛮腰灯影秀，珠楼翠照意无穷。

日落时分

晚霞绮丽醉金辉，花自芬芳鸟自飞。
南粤不谙时节变，秋风肆意带春归。

雨后荷塘

荷风荡柳醒鸣蝉，卷叶翻飞粉蕊怜。
纤手拨弦鱼鹭舞，青盘坠玉碎还圆。

学诗感怀

学吟古韵共流光，幸得良师解惑忙。
自此人生多绚烂，闲情逸趣化诗行。

贺神舟十三号英雄凯旋

为问苍穹赴九天，追星揽月伴云仙。
今时喜着神州地，却惹嫦娥夜夜牵。

元宵节

灯火楼台月正圆，笙歌曲里又经年。
千门万户春风度，元夕今宵乐满天。

冬日荷塘

枯枝残叶落霞徐，几片浮萍惹幼鱼。
待到来年春夏至，娇颜粉黛满眸舒。

岭南之秋

姹紫嫣红亮眼眸，斑斓彩叶密林悠。
金风最喜岭南秀，一半繁春一半秋。

芙蓉州

湖畔芙蓉粉蕊怜，招来蜂蝶舞蹁跹。
临波碧影花枝俏，更惹行人久驻前。

盛夏之约·荔韵飘香

雨润晨风香沁怀，岭南妃子笑颜开。
同台一曲欢歌颂，荔韵诗情入画来。

黄果树瀑布

翠峰垂练吐迷烟，水影山光幻碧泉。
贯耳飞涛珠玉卷，临流揽胜觅游仙。

独坐湖边

纤纤细柳秀春颜，袅袅云烟碧水间。
四季风光常复始，流年一去怎回还。

迎新感怀

流光不语付云烟，日历更新又一年。
鬓角霜侵何所惧，闲情怡趣素心牵。

闲步偶拾

夜雨迎来暑气消，碧波摇日彩云娇。

西风似与闲人便，送爽携香过路桥。

晨　雨

电闪雷鸣醒梦晨，乌云欲阻早行人。

庭花幸自无风雨，俏立枝头又一春。

中秋游园

几树张灯共月明，数桥结彩伴泉清。

焉知一阵鱼龙舞，唤起多年客子情。

夏日戏水

苍翠山林入眼眸，迷人白雾险峰收。

欣逢雨后凉风至，戏水溪河哪得愁。

流花公园春色

草新叶嫩百花红，彩蝶金蜂舞艳丛。

惟有杉林毫不醒，披霞抹赭任东风。

闲步寻诗

碧波翠柳夕阳斜，流水浮桥见落花。
若问闲心何所愿，诗情一路到天涯。

与友重游黄牛埔森林公园

红霞万丈染幽林，点点鳞波醉客心。
还记当年携手处，欢声笑语荡回音。

萝岗香雪

万亩梅园次第开，清香十里扑人来。
常言南粤无冬雪，却见飞花满露台。

十里桃花

桃花灼灼暗香魂，一水盈盈映远村。
不是春风施妙手，何能红雨醉黄昏。

流花湖晚照

一叶轻舟入画帘，飞霞散绮彩绫添。
神州大地多奇幻，锦绣风光任尔拈。

盐州岛风光

藏在深闺人未识，斑斓怪石彩滩知。
渔舟唱晚云霞醉，鹭鸟翔飞落日痴。
排角连绵掀劲浪，风车不断转新姿。
盐州胜景怡心耳，坐赏行观皆是诗。

游园拾趣

斜阳不理北风寒，入水穿林肆意欢。
草径杉丛松鼠跃，荷塘池鹭猎鱼餐。
闲行步步存惊喜，静立时时会细看。
又见紫园光影处，栖枝花雀惹围观。

黄妙元

1948 年生于广东梅州兴宁。曾任黄江中学党支部副书记、工会主席、教导主任，中学高级教师。现为中华诗词学会会员，中国楹联学会会员，东江诗社副社长，黄江作家协会副主席，荔香诗社社员。出版《红棉诗书集》。

麻涌花果香

蕉树金黄挂果长，蔗林翠绿吐芬芳。
葡萄颗颗甜如蜜，遍地浓浓扑鼻香。

端　午

端午娱坛鼓乐箫，门前会所舞逍遥。
卅年变化多奇异，邦泰民安祖国骄。

啖　荔

银屏闪闪灯光秀，词赋诗歌丽影红。
荔果啖它三百颗，心甜似酒醉如风。

春来了

堤边柳树出新芽，岭上风铃紫色花。
百雀林间皆跳跃，人间万众颂中华。

东江美景

东江碧水大湾流，两岸琼楼栉比稠。
绿道游人多浪漫，车穿环绕恰如牛。

花神齐拜年

风铃灿烂紫薇鲜，岭上梅钱馨在前。
菊李兰桃齐斗艳，花神比美拜新年。

春景图

弯弯绿道雕栏护，碧水清清流向东。
湖里鱼欢波泛影，丝丝柳絮舞春风。

半山灵气通

半山翠翠香临栋，溪水悠悠福气丰。
万鸟欢歌情舞劲，诗人悟性百灵通。

禾雀花

形态自然天上挂，身姿胖胖白花花。
恰如小鸟依娘恋，嫩嫩娇娇令众夸。

东江自赣来

三百山中甘露跳，东江水自赣南邦。
沿河葱翠添华丽，波碧滔滔入粤江。

阳　春

长空紫燕翩翩舞，骀荡春风万物苏。
屋侧竹林春笋绽，阳光灿烂映楼朱。

咏东江

碧绿东江自赣来，悠悠三百水源开。
风情一路奔南粤，两岸葱茏遍地梅。

咏杜鹃花

毕节冈中千里艳，金坡岭上百花鲜。
红和粉白齐开放，原是山鹃斗美妍。

春暖人间

碧水粼粼柳似烟，春光美景艳阳天。
池塘鸭子知寒冷，紫燕空中舞远边。

赞南天湖梅园

千山万树漫枝扬，疑似寒霜降地堂。
又像昆仑封白雪，原来满眼是梅香。

梅园美

蓝天碧水青青地，段段河堤一片皑。
阵阵幽香亲我面，梅花默默望春开。

梦里归家

子夜登楼观皓月，寅时做梦到家乡。
哥哥捧出珍藏酒，肉菜佳肴香味扬。

荔枝颂

赤色纱衣封住体，揭开面布水淋淋。
晶莹白透藏甘露，清润香甜醉我心。

贺黄江诗联

仲夏融融阳气旺，黄江艺苑百花香。
诗联分会组成日，墨客文书尽雅芳。

冬到南天湖

南天碧水映梅花，香气迎宾众客夸。
翠色湖光携鲤跳，红颜笑脸伴歌哗。
群蜂踊跃攀新树，白鹭旋飞啄细虾。
靓丽亭亭韶少女，端庄靥笑敬清茶。

桂林山水

桂邑榕城皆胜境，漓江阳朔最为优。
重峦倒影河间走，峻岭连绵水面浮。
缕缕霞光云里过，艘艘渔艇画中流。
象山顶上奇观壮，玉女仙峰眼底收。

谢玉清

籍贯江西宜春，现为中国国画家协会理事，江西省美术家协会会员，江西省书法家协会会员，东莞市作家协会会员，黄江镇文联副主席，荔香诗社副秘书长。国家一级美术师。

元宵夜游康湖

又逢元夕至，朗月布清光。
邻舍向山静，春兰发暗香。
风轻人欲醉，云空露先凉。
独享舒怀夜，心宽不计量。

立春日忆陆河梅花

朝阳初冉净无尘，玉律轮回天地新。
莫叹光阴催我老，梅花影里少年人。

小满黄昏访芙蓉寺

暮向芙蓉一径凉，林岚如黛草含香。
蛙声数里伴禅鼓，雨色迷蒙似故乡。

新　秋

新秋一夜雨如丝，野径闲情缓步迟。
丛菊渐黄人欲醉，满山红叶最相知。

冬夜抒怀

片片红云罩霭空，远山近水静无风。
夜深不觉秋将过，明月浮沉一梦中。

荔香诗社六周年

六载光阴播种忙，荔园初见果飘香。
大湾又奏冲锋曲，宋韵唐风再启航。

琅菱智能机械公司成立二十周年志庆

琅然一笑面城乡，菱舞风帆意气扬。
智慧勤浇财富树，能源机械赋华章。

新秋闲趣

新秋细雨薄如纱，万木披金展露华。
野径萧疏心自静，飞红犹胜去年花。

壬寅中秋夜访芙蓉寺

车向芙蓉露气凉，玉盘高挂净禅堂。
秋虫犹唱空山语，夜月何曾忘故乡。

岭南闲居随感

最爱人间四月天，凤凰花艳荔枝鲜。
林中布谷开晓雾，一屋茶香日半悬。

喜见甲辰新荔

往岁千枝不觉新，今年重见若佳人。
谁言莞邑无亲戚，卅载相依是此邻。

初夏探荔

夏雨初停始复晴，云遮雾锁向山行。
坡前老树依犹在，硕果纷纷凝水晶。

清平乐·陆河赏梅感怀

年年无雪，今岁花飞雪。独品寒香将花折，赢得黯然对月。

今夕身寄天涯，双鬓悄悄生华。无奈晚来风急，无以身寄梅花。

如梦令·清明

地朗天青草长。夜寂难眠北望。今又到清明，野旷纸钱飘荡。难忘。难忘。岁月凭添惆怅。

蓝茂英

　　网名海天蓝，笔名山草，福建省龙岩市上杭县人，生于 1976 年，驻东莞从事建筑行业经营管理。广东中华诗词学会、东莞中华诗词学会会员，东江诗社、荔香诗社社员。

松

万树寒无色，孤溪浅欲流。
危峰松独翠，傲雪斥方遒。

山城暮色

细雨起疏风，轻纱一抹融。
霓灯初入夜，半现半朦胧。

元　夕

游龙灯似昼，锣鼓震喧天。
处处烟花闹，狂欢夜不眠。

独 棹

心同流水静，鸟竞彩霞飞。
鱼破平湖月，惊嗟竟忘归。

题龙舟模型

深山千载木，缩影一堂中。
得法形骸似，通玄韵度同。
鼓频腾细浪，桨急破长风。
但见枢机巧，焉知造化工。

心 境

心同流水静，境逐逸云闲。
赏菊疏篱外，寻芳古树间。
休谈人是否，莫较路平弯。
酣酒温诗梦，书眠枕笔山。

荔香诗社成立六周年有贺

轮转复春秋，书香六载猷。
追星风策马，逐岸夜行舟。
喜学相矜勉，痴吟共探求。

诗田勤育种，次第见丰收。

春风送暖

丽日复春光，风和花草香。
曲溪升暖意，细柳换新装。
德泽民生泰，章行国运昌。
同祈时疫少，四海共安康。

贺黄江诗联协会成立

高斋闻鹊瑞，胜日合诗联。
翰墨银钩画，文章玉案篇。
乘风舟破浪，赶月马追鞭。
贤杰钟琼树，兰芝向碧田。

赏　梅

胜日江南暖似春，花开次第雅湖滨。
虽无白雪烘贞韵，嗅觉梅香也醉人。

黄　昏

山影流波一线分，雁声远近几相闻。

秋风偏惹闲愁绪，心逐芦花与暮云。

登太岳山

太岳延绵一脉巅，远观鞍岭挂青天。
登高意逸闲云外，草甸行迟更觉仙。

秋　思

云淡悠悠荡碧空，鸟鸣深涧月朦胧。
梧桐无语疏疏落，片片相思寄雁风。

荷轩听雨

点点纷飞落几何，珠莹玉翠映花荷。
清风适意添舒畅，听雨闻香话懿和。

咏　荷

一湖碧玉接苍穹，鱼闹莲西虾戏东。
夕照罗裙方起舞，彩虹带雨弄香风。

小满正好

九域方兴渐衍盈，民生自古最关情。
诸般小满当余润，一往清和再向荣。

六市诗人清溪采风行

胜日清溪景异殊，烟笼碧树缀莹珠。
三分适兴闲听雨，六邑成邻共锦图。

情系半溪沉香园

几亩山塘两面坡，清风锦树影娑娑。
半溪香溢缘何故，瑞盒萦烟赖素蛾。

天然"桑拿"

朗日云藏应惧汗，前山树倦懒摇风。
湿身笑我群蝉噪，狼狈曾如落水中。

题　图

曾经咫尺天涯远，几度凝眸未了心。
梦里情思应寄月，云开照得美人襟。

年初二拜年有兴

日暖风柔花正香，欢歌鸟啭颂春章。
诗寻秀骨文词达，酒惹豪情笑语狂。

贺东江诗社成立

湟水滔滔千古流，欢歌途润万珍畴。
云舟载却诗心种，社结群英展茂猷。

祝贺东莞诗词楹联协会成立

胜日清风挹彩霞，连珠缀玉集双嘉。
诗联共绽同棠棣，待得春浓绚彩花。

题　图

山影流波一线分，雁声远近几相闻。
秋风偏惹闲愁绪，心逐芦花伴暮云。

立春遣怀

放怀倚槛揽长天，引兴疏香欲醉仙。
春信已从迎吉日，东风新入贺尧年。

且行且学且珍爱，随遇随安随惜缘。
一路关情宜极目，兼程属意续开篇。

随　缘

四季风翻逝旧篇，三冬寒尽度虚年。
数回惆怅他乡客，几度萦回故梦田。
世事往来常自省，物情成败贵机缘。
宽怀但看空天月，轮转阴亏复皓圆。

银瓶山

莞邑名山秀染眸，四时胜景各千秋。
含烟雨霁峰飘渺，耸翠霞明日泛浮。
且喜春花香露映，更欣夏涧玉泉流。
偷闲取境清平乐，每自萦怀梦旧游。

览胜有感

泗洲高塔矗澜烟，九曲桥横点翠连。
照客红花春似画，凌风碧树鹤犹仙。
斜阳泛棹珠光漾，皓月登楼水镜悬。
逐景西湖遥放眼，新图南粤更无前。

漓江夜游

水绕山行鸟逸翩，奇峰隐隐伴炊烟。
月闲江色凌波客，歌泛涛声入夜船。
才罢壶中三桂酒，又添席上几鱼鲜。
渔人不羡风光好，谓是家园在岸边。

菩萨蛮·百里杜鹃

芳菲一境东风疾，三山翠影游人织。万树竞缤
纷，鸟欢林下闻。

赏心春懋迹，眼作神来笔。忆梦悦花容，犹萦
蜂蝶踪。

踏莎行·梅园采风

暖日寻芳，寒梅结胜。塘堤畛陌堪晞景。岭南
春早惜风光，疏香入眼催人醒。

绕岸清歌，临江对镜。偷闲得意多欢幸。满园
笑语惹飞花，流连不禁添音影。

巫山一段云

翠映朱衣水，鸥翔五彩纱。远山遮影日西斜。

归迟灯引槎。

堤岸柳丝风动，栈道游人迎送。霓虹月色两迷离，流连复忘回。

相见欢·荔香诗会

和风丽日香浓，荔彤彤。挚友宾朋欢聚、庆年丰。

酒斟满，诗澜漫，乐融融。互道珍重犹盼、再相逢。

南乡子·雨见

电闪雷连，暮云丝乱玉成帘。溅水花生湖光潋，忽见，日照山清虹彩艳。

满庭芳

径竹笼烟，芙蓉着雨，荔园丹果飘香。宝山隽秀，星月耀黄江。工会文联引领，赋能量、所向康庄。擎吟旆，方家策勉，妙语出金章。

暨诗歌盛会，文章诵咏，字句铿锵。霓灯幻，蹁跹彩袂云裳。几曲欢声唱响，情豪迈、悦耳悠扬。新程启，追风鹏举，逐胜创辉煌。

十六字令四首

春，化雪更陈万物新。和风畅，看大地初真。

夏，莲花着雨风添雅。忽转晴，彩虹争入画。

秋，潦尽烟凝暑气收。闲庭乐，赏菊桂芳幽。

冬，万里河山冰雪封。藏精锐，厚积待春逢。

雷　激

广东省作家协会会员、东莞黄江文联主席、东莞作协黄江分会主席、黄江诗词楹联分会名誉会长。出版《秋雨田园》《云水天涯路》《晚清史话曾国藩》文集，主编《朝圣者的姿态》《黄江那些行走的记忆》等6部文集。

甲辰年端阳

荔熟又粽香，流年嗟鬓霜。

溪幽飞鸟探，庐野俗身藏。

梦境犹菖蒲，高堂在梓桑。

夜临唏嘘问，望月念黔乡。

揭阳助学采风行

千载学宫庭庙静，万世圣贤遗芳名。

黄岐攀越谁争鼎，同道君师畅叙情。

注：2023年11月22日至23日东莞黄江文学艺术界联合会和中志协黄江服务队骨干共25人赴揭阳市梅云华侨中学捐书助学，共计捐书650余册，价值近4万元。并到揭阳学宫、黄岐山等地参观采风。

青山雨夏

青山翠竹绿清幽，荒野蜓留茅叶柔。
雾起蛙鸣多重奏，夜行望雨路人愁。

元旦感怀二首（新韵）

一

丑牛将去虎生威，风起冬寒绽腊梅。
霜雨无情同助力，神州有梦响惊雷。
林泉琴韵犹相伴，溪畔歌声醉不归。
半步堂前羞弄墨，楼台遥寄向花飞。

二

大地立春阳气涌，木棉含蕾秀枝丛。
虎来生猛震山啸，牛去躬耕步履匆。
琴响林泉东逝水，星披岁月鬓霜蓬。
梦回桑梓天涯路，笑看云霞满廓穹。

贺荔香诗社成立六周年兼赠陈小奇社长（新韵）

莞邑连年荔树红，青山夏至雨滴匆。
柴扉半闭笑妃子，文苑盈香留墨浓。

六载吟盟生雅意，一塘菡萏醉熏风。
繁华落尽随波去，剑胆琴心不老松。

癸卯春兰花语（新韵）

本生溪涧谷幽藏，静处原郊独自芳。
辗转红尘居入室，盘旋阑影漫盈香。
柔风拂面觉春暖，美酒逢人亦梦长。
流水落英光遁逝，清词一阕笑贻方。

癸卯暮春故土游（新韵）

鸡公岩上雄姿在，沙井峡湾眩镜台。
岸曲波澜迷影幻，梦回童少盼人来。
当歌故土轻烟逝，仗剑天涯陌路开。
物易花非遗旧事，黔山舞水共襟怀。

癸卯立冬感怀（新韵）

宝山秋冷入初冬，芙寺花凋飘叶红。
泉响寒溪滋水埔，蝶飞碧水舞天空。
麟欢狮醒聚龙凤，啼晓鸡岗问剑雄。
北岸星光明客路，黄江奔海借东风。

癸卯谷雨观农夫、黄荣画展（新韵）

谷雨留春润荔园，农夫修禅亦诗仙。

秀芳堂殿皆开眼，翰墨峰峦惜养颜。

印象黄荣十载远，金石镂像几狂癫。

刀疯罗汉笑书卷，醉卧南山颂圣贤。

注：癸卯谷雨时节，黄江文联农夫、黄荣两位顾问"一起看看"艺术展在石排开展。

甲辰七夕

银河浩瀚星途远，织女牛郎叹往年。

月影望空思永夜，鹊桥伤逝怨姻缘。

婵娟宿命飞分燕，醉呓秋深依独眠。

情感动人云雾现，缤纷花雨梦天仙。

一水盈盈映碧天　寶山鄉六荔枝鮮
逢國慶代代暢宇三黄　江大美篇

乙亥夏月於黄江畔
王晓麗詩並書

王晓丽诗并书

昆山采玉

他山之石　可以攻玉

—— 《诗经·小雅·鹤鸣》

荔香诗榭

風度凌雲山似文會友

甲辰夏月芒種時芝況王曉麗聯並書

精神玉松柏隆流朱隣

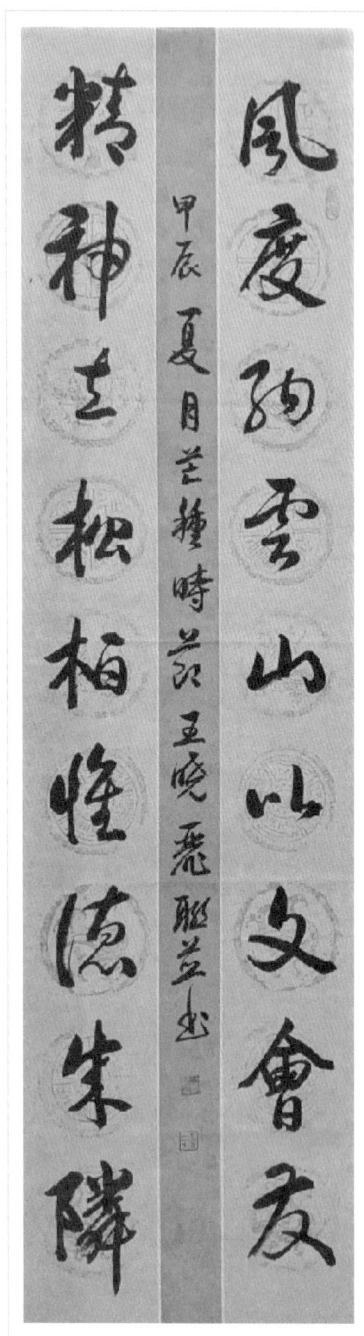

王晓丽联并书

丁丽君

女，山西大学中文系本科学历。现为中华诗词学会会员，中国金融作家协会会员，山西诗词学会副会长，山西诗词学会公众号主编。有诗词作品及相关学术论文在国家、省级媒体发表。

夏夜纳凉

骤雨消残暑，横塘送晚凉。

荷风浮月露，蛙语动波光。

步试幽蹊翠，吟成逸兴长。

开胸涵此境，尘影入苍茫。

太原蒙山大佛

曾经旷劫非凡骨，终现端然殊胜姿。

一峡松风难拂髻，千泓泉影只盘丝。

好山画境酬深愿，净土禅音寄大慈。

赋罢轮回多少叹，心香几缕倚天知。

永庆图书馆有寄

高阁经台修福田，禅音碧海锁霏烟。

慈悲万化字书里，清静一身云水边。

许我推窗看霁月，还谁把卷落新莲。

尘中尘外随缘致，安坐时光已忘年。

鹧鸪天·交城非遗馆见琉璃咯嘣

小器欣然入画堂，圆腔尺管响琳琅。虚心幻化琉璃脆，通体清流琥珀光。

声易碎，梦犹长，咯嘣几叠少时狂。乡心一片殊音里，记取谭村老作坊。

一丛花·谒蒲松龄故居

好春迎我入淄川，虔切谒先贤。聊斋屋瓦星霜老，忘神处、画阁书边。狐魅情痴，花妖梦断，奇绝此中缘。

身如兰叶笔如椽，志异赋鸿篇。南腔北调皆传演，万家晓、戏里人间。讥世横刀，伤时和泪，坐啸向云天。

卫兆元

中华诗词学会、中国楹联学会会员、华夏开明书画院院士，解放军红叶诗社社员，粤港澳大湾区中华诗联会副会长，东莞市诗词楹联学会名誉会长，东江诗社社长。著有《东莞风物诗三百首》《怀念在一师的日子》《三友诗词选集》（与人合著）等，入编《中国当代文艺领军人物大辞典》。

文化强镇看黄江

春岚绿水绕长廊，风采黄江科技强。
秀雅宝山花引蝶，诗馨入卷耀书乡。

黄江采风行

我约春韶到贵乡，时来正赏荔花扬。
清风如酒情如故，撷得千诗入锦囊。

宝山石瓮出芙蓉

莺歌蝶舞戏花丛，景美清幽古寺雄。
瀑落飞流潭起浪，惊看石瓮出芙蓉。

松湖观花

淡荡馨风满目春，湖边静坐蝶依身。
翩翩引我桃林里，绿浅红深醉了人。

过莞植茶花园

辙印弯弯绕岭深，缓车细听鸟弹琴。
幽亭竹径岚飘过，漱水兰溪蝶舞临。
净虑喜欣清雅意，浮生难得少年心。
晴坡漫步神姿爽，袖带馨香绿染襟。

大屏嶂森林公园行

修竹青青一径弯，清流绕石碧溪潺。
千重烟树林荫翠，百叠云峰雾自闲。
诗意随情心内出，笑声满道岭中环。
风轻鹭过湖边柳，人似徐行画卷间。

过梅关古道

秦关石径上苔横，仄仄弯弯绕岭行。
谷静蜂闲花绽少，溪深壑纵水流清。
回眸鲜见梅初蕊，远望方知史盛名。

高耸雄峰云卷处，犹闻古道马蹄声。

过白果树瀑布

断崖玉练似虹悬，直落秋山挂壁边。
解履穿行帘后径，遮颜举望峡中天。
青峰步步情生景，俗客芸芸自喻仙。
今向千珠飞溅处，拾回几颗种诗田。

登杨桥仙境

登峰过涧看花妍，敢是闲情访梦仙。
碧水溪流飞壑谷，云阶石枕绕岚烟。
关关鸟语啼杨柳，朗朗诗声和管弦。
遗址亭前倾浪漫，一番醉意忘何年。

小暑日古梅园行

暑气初消细雨蒙，翠微轻掩雾岚中。
花间蛱蝶嬉青绿，架上葡萄挂紫红。
十亩肥田金稻熟，一池浅水碧莲丛。
无边胜景入怀抱，尽化诗情寄笔工。

荔乡诗报

万广明

中华诗词学会会员，广东中华诗词学会、广东楹联学会、东莞市诗词楹联学会会员，东江诗社副社长，厚街诗词楹联学会顾问。著有《联律漫谈》，主编《竹溪联萃》《竹溪乡贤颂》。

编辑《煜炳流光》有感

竹溪毓秀涌乡贤，廷器后昆薪火传，

翰墨生香留雅韵，陈公德教誉青莲。

注：廷器，是明朝名臣陈琏的别号；《煜炳流光》乃厚街竹溪诗社老前辈陈煜老师之诗集。

黄牛埔森林公园

青葱百顷叠层林，绿树参差蔽日森。

鸟语花香迎客至，清泉石涧绕山吟。

登峰远眺心神旷，漫步观摩诗韵斟。

饮景忘饥餐且后，朝闻夕照未穷寻。

宝山森林公园

园中万物倍娇娆，翠色千重映碧霄。
古木参天遮日影，清泉敲韵响山腰。
林间鸟语琴箫越，谷里花丛烟絮飘。
一角瑶池连律寺，东官八景播今朝。

注：东莞古八景诗中的第四句："宝山石瓮出芙蓉"。

谒梅塘烈士公园之革命烈士纪念碑

一碑高耸碧云天，先烈之魂浩气阗。
尚忆倭奴投伏击，奋将敌伪剿周旋。
盈腔仇恨豺狼斩，几许牺牲骨肉怜。
今日升平鲜血换，毋忘勇士宝躯捐。

蝴蝶地生态公园

彩蝶翩翩疑锦鸟，繁花瑰丽向阳开。
林间小径通幽去，水畔清风拂面来。
绿叶红英相映衬，青泉碧涧淌纤回。
景观生态骄如画，胜似醇醪饮致酡。

大屏嶂森林公园

远看岚烟环翠岭，葱茏林木向天摩。
月牙湖畔邀人舞，金水桥头惹客歌。
竹雨飞飘花逐梦，松涛起伏鸟穿梭。
炎炎暑日乘凉处，绿色丘园赛玉河。

编辑《标意抒怀》

初学吟哦平仄时，幸逢亦友亦良师。
盲人探路欣扔杖，陋句成篇苦步棋。
编曲熏陶模仿拟，对联巧妙琢磨知。
入门诗作凭缘遇，为报斯恩辑有思。

编辑袁淦松老师遗稿《松光流韵》有感

亦师亦友过多年，驾鹤谁知飞在前。
海月风来传苦调，竹溪潮起漾悲涟。
蟾明常忆欢歌日，花好还赓壮志篇。
今辑遗珍成一集，摩挲尺帙记情缘。

王德珍

女，笔名魔女，现为中华诗词学会、山西诗词学会会员，晋社、杏花诗社副社长。著有个人诗集《云梦集》。作品散见于《黄河》《难老泉声》《中国当代散曲大典·山西卷》《星星诗刊》等书刊。

小满感作

无须得失问分明，怀揣从容自在行。
昨日一番风雨后，今朝小满是人生。

戏说白发

白发三千自可珍，无须烦恼对昏晨。
来年待得花开日，典当银丝买好春。

过彭城燕子楼

曾经歌舞与春柔，一碧澄空映小楼。
莫道佳人今远去，千年水自带香流。

步晓丽韵致贺

今有佳音至，葱茏曙正新。

晓风耽笔墨，丽气动星辰。

端的襟期远，分明志业珍。

叮咛云一朵，千里早骋神。

过方山永固陵

枫叶全丹野菊黄，千秋陵阙自苍苍。

萧条驿路随云断，次第清风慰冢凉。

两制行藏垂雨露，一生抱负固金汤。

青碑谒罢频回首，幽鸟枝头啼夕阳。

过和顺海眼寺

谁从此处度迷川，有客寻来路不偏。

殿宇巍峨连列嶂，峰峦次第谒流泉。

云摩石窟三千界，风动松林一夕烟。

海眼圆睁冬复暑，世情冷暖总相牵。

方茂标

广东省东莞市厚街镇河田村人，大专学历。中华诗词学会、中国楹联学会会员，广东中华诗词学会会员、广东省楹联学会会员，东莞市诗词楹联学会厚街分会会长，东江诗社副社长。2023年出版个人诗联集《竹韵流晖》。

咏黄花风铃

万个金铃挂树桠，东君炫宝欲人夸。
世间自尔皆攀富，守得清风有几家。

春夏之交

梨花化雨漫香尘，便引尖尖荷笔伸。
一画多情描两季，头连初夏尾连春。

晨练见环卫老叟

偻腰挥帚扫星辰，扫得天明红日新。
城市纵情喧闹后，美容师是白头人。

清明祭

又将纸烛化清明，似替生人作泪声。
岂是过时虚尽孝，梦中萦绕尚牵情。

单车女郎

绿草茵茵地带香，双轮转处蝶裙扬。
时髦不怕他人妒，一路春风自领航。

剁椒鱼头

筵前不禁赞庖工，香压膻腥椒色红。
入口尤惊滋味绝，教人未肯酒杯空。

清晨环湖掠影

才经梳洗柳堤新，迟放红花也趁人。
几只沙鸥争抢镜，飞来飞去掠波频。

题归雁图

一朝寻梦到天涯，千里归途心念家。
几度盘旋何处觅，故乡已改旧年华。

三八节观舞

旗袍舞动闪金花，淑女今朝更耐夸。
群鸟飞来犹羡妒，枝头凝眼说喳喳。

戏说羽衣甘蓝

羽叶纷纷叠作霞，无需绽放便堪夸。
世间有失公平处，卿胜花偏不算花。

古申元

笔名：古木生华，广东梅州五华县人。中国作家协会、中国诗歌学会、中华诗词学会会员，广东省作家协会会员，樟木头诗词学会会长，中国作家第一村驻村作家。《井冈文学》副主编，著有《水流墨韵》《水流集》。

闲

听燕鸣春柳，炉边正煮茶。
闲观天走笔，云缎绘新霞。

咏蕙兰

香盘君子草，疏叶托红唇。
生怕初心远，先开一整春。

咏　梅

冬夜寒风起，芳唇点薄霜。
虽承君子骨，散发女儿香。
乐守清贫道，旁观富贵郎。

丹青甘泼墨，岂止额梅妆。

咏李白

霜红入韵也生香，天命为诗降大唐。
自带文光穿北斗，念中烈马早无缰。

咏　山

因向高天极处修，比邻青紫尽来投。
每当岁末融霜雪，捧出春心作报酬。

游山东云顶景区

鸟吟角羽远山闻，竹道行深汗也勤。
立在山尖难避客，天心来访有闲云。

忆当年携妻过北琴桥

单车缓向石桥前，乡梓围观两少年。
卷发昂扬应首秀，环腰偎抱尚新鲜。
家贫敢效倾城恋，情笃长弹锦瑟弦。
笑语青丝浮白雪，黄昏能否手相牵。

一萼红·咏梅州潮塘宋梅

一

古蛮荒。立寒梅铁骨，千载度秋凉。虽受风刀，惯经雨剑，岁岁依旧飞香。叶花瘦、形容高洁，枝干小、无惧白头霜。辗转枯荣，也知执念，应泊何方。

若遇一朝风恶，纵魂消玉殒，心不留伤。和靖凝痴，张炎入韵，写有千古文章。叹时空、难逢煮酒，恨如今、一梦醉黄粱。试问谁能破茧，谁解孤芳？

二

看梅妆。立潮塘一角，粉墨又登场。枝干为弦，冬风作指，弹出缕缕新香。舞清影、身姿绰约。遇雷雨、经惯道平常。心不逢迎，倚霞破晓，浣洗寒霜。

犹忆千年宋劫，有中华气节，不屈儿郎。陆相投崖，文山救国，十万浩气偾张。令君子、高谈酣畅，让笔墨、腕底落铿锵。血脉流沉风骨，能不轩昂。

三

俏芳颜。望山村日暮，山色浣岚烟。叶对风霜，枝横篱栅，傲骨何惧时艰。念犹待、美人蹑足，尚思与、高士共凭栏。立足潮塘，供红献粉，消受余闲。

谁在那年折柳，让秋波流转，欲走仍盘。泊月含情，流香顾盼，决意潇洒人寰。始未及、天高风急，问何计、落地把枝还。能否青春不负，率性贪欢。

田晓珍

女，山西省晋中市人。中华诗词学会会员、山西诗词学会会员、晋中诗词学会副秘书长、紫云诗社社员、榆社诗词学会副会长兼秘书长。

咏 莲

浴出三春水，荣滋一夏风。
舒肢擎翠盖，吐蕾著轻红。
日映贞光远，霜欺叠影空。
纵然泥裹足，心骨守高崇。

肥 皂

形容如玉润，气质溢香波。
坚荚凝珠老，芳华泡影多。
腴莹频抚拭，瘦损任湔磨。
浣得清新著，魂销又若何。

小园随吟

缕缕东风送暖来，小园春色正疏开。
无端烦恼消香雾，不尽欢愉出浅埃。
耳畔鸣莺歌碧树，阶前缓步叩苍苔。
行经锦簇花团处，桃杏夭夭已染腮。

夏　曲

又是溪边蒲草青，几声蛙鼓说曾经。
洪钟乍起呼风合，商调初成唱月听。
独步圩堤惊晚籁，群潜尺水醒浮萍。
此间情景犹谙忆，旧梦参差刷夜屏。

听　雨

铅云几片逐斜阳，天鼓鸣飙雨幕张。
沥滴敲窗情沏湿，潇飓过巷意生凉。
幽帘气荡闲愁远，绮阁声萦晓梦长。
日霁风清晨正好，东曦起棹复开航。

吕文彬

研究生学历。中华诗词学会、中国楹联学会员。广东楹联学会会长助理，东莞市诗词楹联学会会长，中国教育学会理事，全国书香之家，东莞理工学院、广东科技学院特聘教授。2019 年"东莞好人"。发表作品 200 多万字，出版专著 6 部，其中有诗词作品集《啸吟山水间》。

东莞市诗词楹联学会挂牌成立感吟

莞邑诗联成一家，吟坛沃土共耕耙。
湾区雅集文明赞，乡镇采风民俗夸。
翼展双飞歌盛世，花开并蒂颂中华。
东江浩渺天寥廓，百舸千帆无际涯。

忝获"东莞好人"感赋

东莞好人誉傍身，心怀忐忑汗沾巾。
孜孜半百少功业，兀兀穷年仍俭贫。
万卷诗书灯伴月，三千学子信而仁。
吾生有幸逢新世，力助中华风俗纯。

咏龙脊梯田

莽莽苍苍湘桂边，高低错落尽梯田。
依山缠绕层层叠，顺势蜿蜒道道旋。
斩棘披荆延百里，栉风沐雨历千年。
人间奇迹数龙脊，瑶壮先民志最坚。

访梁家河

千丘万壑小山冲，遍地嶙峋凛冽风。
窑洞油灯燃大志，高原沼气立头功。
扎根七载腰身壮，永葆初心本色红。
自古雄才多苦难，面朝黄土负苍穹。

致敬钟南山

八秩南山不老松，顶天立地万人崇。
名门后胤饱摧辱，赤子丹心尽直忠。
非典降魔功赫赫，江城防疫步匆匆。
中华有幸多邦士，屡克时艰国运隆。

贺台芳喜获省五一劳动奖章

宜春沃土育新篁，移植东官更郁苍。

木秀长安才干显，荫披石碣德馨彰。

科研十讲散枝叶，弟子千人成栋梁。

满目葱茏皆翠竹，年年岁岁竞芬芳。

拜谒黄帝陵

圆梦黄陵寻祖根，虔诚拜谒祭轩辕。

桥山郁郁藏灵气，沮水泱泱孕魄魂。

福佑中华千载运，泽被宇内万年恩。

金瓯何日应无缺，昆裔抱团惟世尊。

参观河源恐龙博物馆

时空穿越亿年前，南国恐龙堪比肩。

原始雨林驱百兽，洪荒世界驾云烟。

地球霸主谁能敌，白垩生灵我领先。

纵使称雄千万载，只留化石土丘湮。

眼儿媚·咏龙潭山庄

岚气氤氲白云飘，处处景妖娆。松风竹雨，龙潭飞瀑，野水闲寮。

落红满地无人扫，主客尽逍遥。炉前品酒，泉边泼墨，月下听箫。

西江月·凤湖行吟

跃上葱茏山顶，湖光潋滟生烟。瑶池何日落人间，胜过春江画卷。

四面层峦叠嶂，一泓碧水连天。丽人窈窕乐翩跹，惊起鹧鸥一片。

刘小云

女，笔名蕾怡。中华诗词学会、中国金融作家协会、山西省作家协会、山西省女作家协会、中国散文学会、山西省散文学会会员。现为山西诗词学会顾问、山西杏花诗社副社长。著有长篇小说《陆家儿女》（与大姐合作)、诗词评论集《云心思雨》、人物传记《层林尽染》、散文集《情到深处》、《峰高水底清》、《晓云秋语》、《晓云散语》等。

何为好诗

频读古今诗，生情同感知。
置身明月夜，回味绿杨时。
温润行间漾，风流笔底迤。
幽声听不尽，心醉睡常迟。

久居太原城

并州城偌大，何处不闻花。
屈指几多巷，回头皆是家。
镜头虽有致，记忆却无涯。
情醉汾河岸，凌波看晚霞。

贺晓丽当选深圳市诗词学会副会长

壬寅之岁末，耳畔讯翻新。
晋水流诗韵，南山遇吉辰。
胸藏文墨醉，帘卷锦书珍。
重担双肩挑，遥遥一女神。

退休二十年有感

一朝诗兴发春荣，离职身闲欲远行。
文学梦鲜心浪涌，书香灯亮笔潮生。
抒怀作赋弹流水，迎客攀谈享语莺。
只要胸中灵气在，衰年也会激深情。

魏榆情思

母抱父牵居古城，摇篮晃晃眼生萌。
小楼尚在隔烟影，老屋难寻听鸟声。
三叠曲终愁不去，九回肠断梦长萦。
何时再入深深巷，旧瓦新苔亦有情。

刘满潮

东莞市厚街镇人。广东中华诗词学会、广东楹联学会会员，东莞市诗词楹联学会会员，东江诗社副社长，竹溪笔艺诗联社社长，香港厚街同乡会会董，香港东方之珠文学会名誉会长、理事，香港诗词学会理事。

龙年感怀

龙临气象新，两岸颂诗珍。

万户红联耀，九州佳话频。

祝辞情壮阔，举盏酒清醇。

同庆江山秀，讴歌国永春。

游故宫

御筑艺精寰世崇，金光一片耀天宫。

久闻帝殿殊华丽，赏后常怀咏未终。

清华大学一百一十三年庆

一

昔日培材校奠基，中文教化责肩弥。
满园学子成梁栋，自此黌宫誉远驰。

二

园丁承任一心倾，桃李栽培尽赤诚。
育出腾云龙与凤，中华添翼迅前行。

七 夕

银河璀璨鹊连桥，织女牛郎会此宵。
爱意绵绵千载续，人间天上共心潮。

故乡新貌感作

港岛谋生数十秋，光阴似箭鬓霜稠。
回观乡梓龙腾势，更喜街坊曲绕楼。
书院丹青神韵叠，公园花卉蕙香浮。
诚追绮梦飞舟傲，直挂云帆万里遒。

夜游珠江感咏

赴穗回乡顺过关，羊城观景不知弯。
高坛会议当牢记，豪渡江游费念还。
两岸霓灯如白日，一桥虹影现横山。
蛮腰献媚邀骚笔，绮赋瑶池播世间。

闻巾帼吟诗聚可园咏

居巢留迹几经年，迷聚骚人韵共研。
盛世神州佳句写，沉钩故事雅章传。
龙光辉映名园丽，墨宝香熏黄岭妍。
婉转诗声尧舜颂，弘扬国粹不停鞭。

仲春景致

晴空阴雨两相当，放馥妖娆数海棠。
燕剪春风穿绿柳，蝶摇锦扇映阳光。
山清水秀层林染，籁响云飘瑞气扬。
不尽景观生惬意，明天描绘更辉煌。

孙爱晶

　女，网名：秋野寻芳。中华诗词学会、山西女作家协会会员。现任太原诗词学会顾问，杏花诗社副社长，黄河散曲社副社长，并州散曲社社长。著有《爱晶诗集》《爱晶散曲》等。

邀友品湄潭翠芽

茶香出尘境，恍惚醉青眸。
摇漾杯中物，滋熙心上秋。
翠芽宜贵客，玉露恰冰瓯。
不负良辰景，相欢时倒流。

读晓丽妹妹《诗韵心声》有寄

格韵如泉涌，源流活水清。
合时声自远，抚景意和鸣。
墨透圣贤法，诗函家国情。
大千收一卷，捧卷与同行。

　昆山采玉·孙爱晶

-219-

黄山迎客松

送往迎来虔且恭，含肩引臂意兴浓。
破石而生何劲节，临风伫立每从容。
群山怀抱静中契，千载名垂个里逢。
许是吟情巧相合，玉屏楼送几声钟。

神女峰月夜写意

温婉祯祥玉女姿，灵峰拥佑影参差。
平湖掩映浮灵气，野径深幽引逸思。
试问侬家何处是，相随山月或能知。
今宵就在湖边宿，为尔歌吟更不辞。

九寨沟之叠瀑

辗转峰谷渺烟波，一路奔腾一路歌。
浪迹千寻犹奋迅，迁途万里未蹉跎。
织成白练层层叠，挽起清风洒洒哦。
飞语山魂莫迟怠，前程尚远你知么？

李玉莲

女，中华诗词学会会员，山西诗词学会办公室副主任，太原诗词学会副会长兼秘书长。作品曾在《中华辞赋》《中华诗词》《星星诗词》《诗词月刊》《诗词报》等报刊发表。

过河洛汇流处

一水浑黄一水清，二流交汇自分明。
伏羲八卦天然出，始有阴阳太极生。

写给烤红薯的老人

独守车炉翻捡忙，无须吆喝半街香。
经营日子谁监烤，雪冷风寒最擅长。

夏游牛岩康养小镇

一径林荫远，四围岩岫重。
山风消暑气，别苑覆蒙茸。
鸟戏驼羊白，花比绿薤浓。

斯怀不归意，但看月临峰。

过平型关大捷遗址

野壑残壕说战烟，长城要塞写诗篇。
倭人侵我山河怒，古道杀声枪炮连。
血雨漫浇枯草树，冤魂回响问深渊。
秋风萧瑟答其语，关隘安然柱石坚。

秋登恒山

巍峨殿宇接云天，起伏群山朝岳巅。
拾级细看虬柏翠，临崖遥望紫岚悬。
希音轻袅道家意，石碣深镌旷代贤。
吾欲长歌秋韵里，更随霄气读真玄。

玉蝴蝶·山乡早春

村边丝柳轻飏，归燕寻旧堂。野杏试新妆，追
莺稚子忙。

田牛听耳语，深浅用心量。翻出一犁香，漫思
禾黍长。

李静涛

女，笔名晋涛，网名青风栩来，中华诗词学会、山西诗词学会、万柏林诗词学会会员，杏花诗社副秘书长。作品散见于《难老泉声》《杏花诗卉》等刊。

东湖夜月

清晖重阁九，塔影两虚无。
逆浪鱼翔底，随风柳入途。
尘纷宜旷野，灯火夜流苏。
千古一轮月，尽收城内湖。

读晓丽姐《诗韵心声》有感

妙手裁芳绣，瑶章集粹精。
吟怀天地阔，纵墨物华生。
汾曲常流韵，荔香争解情。
雁归犹奋北，启卷展鹏程。

雨中个园

雨润山时山抱楼，竹梢凝碧识扬州。
重门含翠通烟径，叠石空凉锁夏秋。
谁解钟灵新阁语，恁回意趣故园眸。
劝君半掬无根水，借取篁香洗客愁。

登太行板山

山路盘旋来路渺，崖边黄壁脚边云。
日疏松籁凌霄寂，风掠苍巅入世勤。
未识洪荒填瀚海，何劳险峻立奇勋。
尘嚣多少无端事，俯瞰千峰俱不闻。

夜宿碛口古镇

西风西岭西湾院，黄月黄河黄土窑。
疏飐酒旗迎倦旅，幽遐驿道远浮嚣。
枕涛醉卧青罗帐，独驾仙槎白玉桥。
百年沉沙帆影逝，霞光隐约逐春潮。

陈六来

20世纪60年代出生，语文高级教师，已退休。中华诗词协会会员，湖南省诗词协会会员，茶陵县政协委员，茶陵《犀城诗韵》编辑、《茶陵文史》编辑。

咏三角梅

路旁庭院角，霍霍密蓬蓬。
形有寒梅骨，神兼烈火雄。
静迎春季雨，怒放夏时风。
秋至君来看，关情满眼中。

云阳山

极目览三县，方知镇八荒。
谷幽斜鸟翅，锋利切霞光。
苍远丘陵地，巍然南宋墙。
千年温淐水，清骅敬茶乡。

赞李俭珠将军

卸甲归田不用猜，六旬之后为民来。
桃江如镜军威照，铁汉柔情眉目开。

落　叶

黄叶残枝了旧缘，嫩芽新野复当年。
长歌涑水声凝止，两韵兼程寄素弦。

登南宋古城北段

断壁残垣苔藓稠，鼓楼圮毁暮光幽。
旌旗曾顶溯风卷，血印都随涑水流。
天底横陈留虎势，江边孑立映星眸。
尘烟往事浮心坎，青史霜痕纪素秋。

惊蛰出行

乍暖还寒离斗室，青葱扑面至桑田。
闻雷提气长须舞，沐雨清心温泪悬。
逗弄蝶蜂挪脚动，观瞻天地握拳宣。
采回山野百番味，嫩绿盈筐觉酒鲜。

寒露雨中

秋凉萧瑟垂沉幕，阳短阴长岁月匆。
峭冷正摧柔草绿，残温欲抱谢花红。
欲追春夏气依剩，纵览山河心渐空。
轻驾清风添合力，余生放逐效翩鸿。

小雪节早晨遇野菊

天暮沉沉百草黄，周遭寒气裹冰霜。
瓣尖忍泪三分弱，叶里留青些许刚。
对雪昂头擎玉骨，望春收蕊抱心香。
孑然荒野面关坎，犹赠人间一缕光。

陈秀峰

女，网名青竹诗韵。中华诗词学会、山西诗词学会会员。山西杏花诗社、唐槐诗社成员，著有《国之思》《盛世初开》《从而万世太平开》等诗集。作品散见于各地报刊和微刊。

夏日小聚

湖亭开雅宴，故友话重逢。
柳色浮樽满，荷香入座浓。

观好友宅院视频而作

喜雨濯烦暑，凉风小院归。
一畦蔬卉好，檐燕语还飞。

为晓丽《诗韵心声》付梓题

廿载无停笔，诗坛着力耕。
新书灵性显，句句道心声。

秋游太山龙泉寺

古寺龙泉水，潺湲日夜闻。
他年旧来处，秋思正纷纷。

参观安多民"刀情墨趣"艺术展

肖像皆生趣，女娃柔且顽。
犹行童话里，时有笑声飞。

大寺荷风

大寺一荷塘，花飘十里香。
叶圆如绿伞，遮月睡鸳鸯。

崛嵋红叶

绝巘千寻起，飞来势不穷。
黄栌可人意，染就半天红。

汾河杂吟

隔河见杨柳，拂水正毵毵。
舟过惊栖鸟，纷飞入夕岚。

张 柳

女，笔名柳如烟，号绪柳轩主。中华诗词学会、山西诗词学会、山西省作家协会会员，山西诗词学会副秘书长兼学术委员会副主任，杏花诗社常务副社长兼秘书长，山西元音琴社理事，著有《绪柳轩诗集》《绪柳轩词钞》。

古琴曲《良宵引》

书香酒兴忆华筵，也调丝桐拂七弦，
一曲良宵人去后，风清夜静柳如烟。

古琴曲《流水》

七弦袅袅对知音，玉律金声绿绮琴。
今日为君歌古曲，一弹流水一弹心。

写诗的女人遇上雪

江山万里雪初停，欲折红梅寄画屏。
待写情思新曲后，东风此去是叮咛。

与青绿姐妹论诗

佳人在何处，天性足堪珍。
俯仰随风起，登临向晚亲。
千峰托明月，一色绝纤尘。
万卷诗书里，寻来情最真。

太原迎泽公园藏经楼

独立一泓湖水边，荷花池畔画廊前。
通幽曲径草坪阔，横碧小桥美景连。
古木参天留旧梦，弦歌入耳唱流年。
风光无限太平好，谁记沧桑世事迁。

落　叶

又到深秋叶落之，拈来几片写新诗。
身轻如羽飘何去，岁晚化尘为底痴。
风物轮回寥廓语，江湖人远等闲期。
亦知一别无由见，珍重还思相伴时。

张梅琴

女，中华诗词学会理事，中华诗词学会女工委副主任，山西诗词学会副会长，杏花诗社社长，山西省作家协会会员。著有《张梅琴短诗集》《朵梅集》《梦梅集》等。辑有《心中有绿洲》，散曲被收入《当代散曲丛书》。

写诗的女人遇上琴

春风吹奏曲含情，流水高山传古声。
涤尽凡尘天籁绕，知音有约共和鸣。

桂林途中即景

细雨丝连云半遮，美如烟雾妙如纱。
漓歌高唱天呈画，龙舞长空戏万蛇。

赏古榕树

休言独木不成林，千岁神榕百亩阴。
巨干虬枝如画展，多情白鹭最相亲。

南歌子·观黄果树瀑布

烟锁天边日，云成七彩虹。霞光四射到苍穹，且喜此时身在画图中。

十里闻声远，银河垂太空。高悬巨练响轰隆。激起飞花满野雾蒙蒙。

鹧鸪天·登山乐

结伴嘤鸣山道中，遥遥笑指玉莲峰。幸攀险境三生趣，乐挟松香一路风。

情切切，雾蒙蒙，偷闲游历太匆匆。云梯登上高声问：我在天宫第几重？

玉团儿·夜思

溪边几棵垂杨绿。好风景、居闲信足。月影横斜，繁星流闪，亭上茶屋。

情牵四海云心曲。醉梦醒、幽思慎独。皓首相携，安知珍惜，惟懂善俗。

张瑞菊

女，山西灵石人，中华诗词学会会员，中国诗歌学会会员，山西省作家协会会员，晋中诗词学会副会长兼秘书长，灵石县作家协会竹林诗社社长，著有诗词集《静菊初绽》、现代诗集《蒲公英》。

蔡 邕

进言匡国事，守孝未开襟。
拆竹柯亭笛，听音焦尾琴。
隶书飞白逸，汉赋用情深。
只惜文人骨，每输狼子心。

读八指头陀诗

白云乘独鹤，寂寞亦心闲。
衣染烟霞近，身经尘世艰。
幽怀寄明月，适意托青山。
怅望长沙渺，无家不得还。

游西湖

山如故友水如烟，复至西湖忆旧年。
堤上每怀苏轼句，寺前还念白公贤。
一排碧柳垂无意，万朵清荷出自然。
最是此间神似我，不涂浓色便堪怜。

遣　怀

半世人生若鸟栖，尘沙烟雨两相迷。
林中雾霭终难散，眼里参差总欲提。
闭户方知时静好，披书不觉影孤凄。
古今道友多临壑，自度关山借笔啼。

临苏轼《寒食帖》

诗书一体两相宜，收放由心每出奇。
石压蛤蟆君莫笑，泥污雪蕊我同悲。
黄州三载东坡苦，寒食千年介子遗。
名帖临来百般味，空庖破灶雨还欺。

张德志

1963 年生，山西晋中人，机械工程师。晋中诗词学会常务副会长，紫云诗社副社长，"白雀奖"全国原创诗词曲诗部评委，晋中诗词学会常务副会长。

登崛崛山

崛岭饶清峭，凭临遂忘机。
双峰疑燧堡，一壑俨山圻。
叶栀鸥情发，钟悠鹿梦稀。
坐观幽绝处，岩鸟两依依。

题龙马湖

湖光凝紫气，花影飓红颜。
日照波千顷，风披苇一湾。
芳堤黄蝶急，烟渚白鹅闲。
俯眺疑龙马，陶然漫此间。

谒赵武灵王墓

不坠青云抚剑铓，诘戎革弊自猖狂。
征胡拓地三千里，秉国筹帷两鬓霜。
天际塞鸿归杳漠，冢边秋蟀带凄凉。
骚人窃议沙丘憾，陵柏扶疏亦惋伤。

过龙口

岚浮列嶂倚天齐，扶槛惊疑日影低。
峭壑绵延分晋冀，飞流迸泻接云泥。
风生鸟道松涛远，草没尼庵石径迷。
危栈经行成蹇步，回眸恰似滞烟霓。

过裴柏村怀裴度

端明相国出河东，力挽残阳恪尽忠。
履历六朝酬大计，划除诸逆擅元戎。
德犹葵藿无颓意，才比盐梅有勒功。
自识浮沉耽绿野，闲来凤集赋雕虫。

邱俊标

原籍广东省揭西县，教师。东莞市诗词楹联学会副会长。诗词研究员，英语高级讲师和翻译，硬笔书法高级培训师。中华诗词学会、中国楹联学会、中国硬笔书法协会等会员。著有《鹤栖轩集》。

咏　鹰

长空追日月，霹雳壮胸襟。
一抖轻盈翅，冲霄睨百禽。

寒冬夜读（新韵）

陋室暖无声，同分一盏灯。
书合相视笑，不意过三更。

山乡之夜

石径叶纷飘，寒庐守寂寥。
风凄邻犬吠，月朗静山招。
一烛庄周近，千秋蝶梦遥。
清茶怜困冷，不倦伴残宵。

赠　妻

大家闺秀书生妇，换就围裙下灶厨。
几味烹来轻问婿，今宵可饮一杯无。

题广州电视塔小蛮腰

曼妙纤腰入眼来，凌空直插暮云开。
九天玉帝差神问，火树人间哪个栽？

访山村

轻云曼舞罩群峰，险路崎岖挂半空。
岭木菁菁藏古寨，炊烟袅袅入苍穹。
燕穿细柳千枝嫩，牛卧南坡百卉红。
二月人寰齐竞秀，悠悠春韵化诗中。

鹧鸪天·虎英公园

云淡晴空数燕游，涟漪轻曳一湖舟。丝飘碧柳频亲水，枝笑红桃屡入眸。

亭掩惬，草含羞，池荷残叶探新头。群峰叠翠春阳暖，指点江山远眺楼。

水调歌头·同沙森林公园会京城作家记

莞邑青天阔，骚客会初冬。平湖鸥鹭轻掠，清沥起西风。摇曳楼亭瘦柳，松柏层坡静立，鸦叫醒寒空。云弄清波影，山染夕阳红。

迢迢路，拳拳意，性情同。当歌对酒，何日重醉万千盅？竹隐七贤难觅，屈子襟怀依旧，华夏士荣崇。夜静人声远，明月照苍穹。

江城子·感春

淡烟沙岸柳风柔，树莺啾，几回眸。极目平江，白浪跃归舟。新燕凌空随意舞，轻展翅，过千洲。

华年逝水岂无愁？志长留，敛娇羞。尝胆犹歌，英气荡心头。雨霁冰消春又是，天地阔，鹜当游。

念奴娇·登旗峰山

风和日丽，趁诗情，举步闲登高岫。百卉争妍千树碧，翠鸟声如琴奏。嫩柳丝摇，澄湖鸭戏，古庙轻烟透。旗峰灵域，几多骚客俯首。

遥望莞邑长空，天清云淡，时见鹰飞骤。痴羡遨游天地广，薪卧儒生依旧。愧对师亲，惭归故里，岁月惟添皱。夕阳残照，怎堪孤影风瘦？

范雪芳

女，中华诗词学会、中国楹联学会会员，广东楹联学会理事，广东省作家协会会员，东莞市诗词楹联学会副会长兼秘书长。作品散见于《诗刊》《中华辞赋》《中国楹联报》多种报刊。

题滨海湾

湾区谁筑梦，春水织斑斓。
昔日渔翁至，垂竿画外闲。

乡村画卷

乡风称最美，横沥彩虹村。
童话迷人醉，花田照日繁。
粉妆墙上画，绿抱屋边园。
谁倚时光里，闲将倩影存。

赣深高铁

长倚东江水，乡关四季繁。
青峰云影绻，野陌稻花掀。

闲鹭渚汀憩，巨龙南北蜿。

赣深从此近，高铁过吾村。

九峰绿茶

溪山云雾蕴，岩坳隐泉流。

武水青波潋，茶蹊古韵悠。

春枝盈露翠，霞影染坡幽。

摘得新香煮，清堪涤俗愁。

注：乐昌沿溪山，属南岭山脉，西临武水，有盛名的九峰白毛绿茶产于此。

夜游滨海文化公园

采风何处去，珠岸碧云深。

七彩霓虹绚，一湾星月沉。

鲲鹏应有梦，滨海可行吟。

更倚摩天侧，聆听世界音。

注：滨海文化公园的摩天轮名为"湾区之光"，《鲲鹏之梦》为"湾区之声"演艺中心主题灯光水秀。

甲辰龙舟水有感

相挟余寒卷翠枝，长街见涨浸花篱。

龙輴何驾阴云久，借问江鸥知不知。

滨江公园漫步所见

喙喝洄溯弄清波，汀岸行来修竹多。
堤畔垂纶偏入镜，临风钓起旧时歌。

刑场上的婚礼

雨折红花落几何，铁窗合照志难磨。
枪声作证长相伴，不负庄严国际歌。

注：题陈铁军和周文雍在铁窗下的一张合照。1928年2月6日，元宵节当天，在广州红花岗刑场，两人面对敌人的枪口，从容就义。

十里洋河

十里洋河几曲弯，东江水岸尽娇颜。
澄波澹澹连山色，一片白云随我闲。

浣溪沙·洋和兰花基地

拂槛春风入梦欣，扶贫项目进山村。家乡物候岁华新。

基地已然花世界，万枝全是爱精神。兰馨更染一村云。

林坚明

广东岭南诗社副社长，深圳诗词学会名誉会长，中华诗词学会会员。爱好诗词，作品散见于各地诗集、报刊和微刊。

甲辰贺春

龙腾华厦运鸿通，引领寰球中国红。
万物增辉天地暖，神州处处沐春风。

暮　春

云雾氤氲绕碧树，桃残柳绿游人注。
春风不管断离愁，吹落玉英香满路。

立　夏

日映榴花似火红，兰亭竹影入荷丛。
青瓜蒂落黄梅熟，夜短天长迎夏风。

初 夏

竹影花香蝶舞跶，拂堤垂柳醉云烟。
溪亭活火新茶煮，初夏青禾绿满田。

莲塘对酌

清风拂动满池莲，晓渡船头熏鲍鲜。
糖醋花生卤牛展，倾壶把盏两神仙。

五月农事

五月农家闲日少，男耕女织各勤劳。
儿童散学捉蝴蝶，村妇山中摘玉桃。

山村小住

乡居无事赏烟霞，坐对青山细煮茶。
半月读书三五卷，稻花香里听鸣蛙。

登白云山

漫步云山汗透衣，暖阳和煦日斜西。
落英黯黯春光尽，唯见清风漾小溪。

西江月·三月春风

三月和风拂面，春光洒满心田。放松自在览高川，忘却红尘悲叹。

岁月绵延静好，欢歌盛世民安。人间烟火气悠闲，极目河山灿烂。

柳梢青·拥抱春光

风暖花香，轻描岁月，浅读时光。云海之巅，群峰之上，蔚眼缤芳。

行人一路安详。踏青处、莺歌雁翔。万里长空，放飞梦想，续写诗章。

郑福太

笔名福翁，现任中华诗词学会常务理事兼乡村工委副主任，《新田园诗》执行主编，山西诗词学会原常务副会长兼秘书长，《唐风晋韵》主编。编著各种诗词文集 10 余部，创作诗词曲 3000 余首。

神舟十六、十七金秋会师感赋

阊门云外启，友自地球来。
扶抱情摇曳，浮悬燕往回。
茱萸诗话远，星斗院邻陪。
吾辈登临意，瀛寰重夺魁。

诗　家

秋色十分诗一简，哲思半句理千行。
机锋若此邻三圣，不塑金身自烁光。

再吟柳州《江雪》感怀

二十言修一小千，寒江倒影钓寒天。
孤舟载满人间寂，顺逆谁知哪是前。

柳宗元诞辰一千二百五十年诗纪

物序新萌先绿柳，寒林落尽柳才黄。

壶城本是长春地，子厚天生逸韵郎。

三绝圭碑千古穆，孤荒蓑笠万维凉。

鹅山当勒封侯事，江雪无芳胜有芳。

颂毛委员上井冈在"雷打石"首昭《三大纪律》并补"六项注意"

头缀红星笃向前，帽呈八角欲擎天。

三条铁律披坚甲，六项规绳见至贤。

深植蟠根连万众，高扬云帜沸千川。

他年重走燎原路，捧杜鹃花听杜鹃。

女冠子·交城麦田诗会

汾水南逐，川阔卦山东麓。画幽悠；麦卷田园韵，镰开玉草畴。

复兴隆万镇，宗旨惠千秋。乡农新近趣，九州游。

注：玉草即仙草

赵巧叶

女，笔名叶筠，山西晋中市人。现为晋中诗词学会常务副会长，紫云诗社副社长。多次获得全国诗联大赛奖，作品于国家级、省、市级多家刊物发表。

榆次老城

错落阁楼耸，城池阅古今。

人文传奕祀，商迹许追寻。

儒厚垂光远，梧高引凤临。

故园云锁径，得月院堂深。

过石鼓山青铜器博物院

石鼓如天鼓，何尊出世惊。

周风依此厚，秦韵发其宏。

根自华胥始，枝延渭水生。

客心怀敬畏，千古识雍城。

高　考

忆昔寒窗苦，闻鸡起五更。

十年凝剑气，一纸动时名。

初日河山壮，回峰桃李荣。

至今怀厚意，犹欲寄同声。

赋得"楼高月近人"

拔地冲霄破，斯楼当谓高。

星辰低可摘，河汉似闻涛。

有感谪仙恐，尚余和仲慅。

今唯卿与我，心倚尔如袍。

把酒倾杯醉，吟风犹自豪。

窗前思夜静，共月此陶陶。

狄仁杰

翊安宗社忍王宫，儒道何曾一日穷。

徇义凝深资众望，假权切谏守初衷。

将倾朝柱伊谁稳，明辟庐陵绩自丰。

后昧不知持世者，复唐只晓五臣功。

郝书许

70后。河南省方城县人，客居广东。梦笔文学创办人。中华诗词学会、湖南省诗词学会、岭南儒商诗会会员，东莞市诗词楹联学会会长助理、诗词评论委员会主任。担任多家诗社微刊编审、评论嘉宾。出版《梦笔诗人》《当代诗词精选精评》。

雨中重上罗浮山

观山兼赏雨，重上大罗浮。
碧霭三峰润，青漪一水幽。
拨云何可见，煮石梦难求。
信步风烟缈，今朝好个秋。

黄江采风

学得清心便得闲，采风自有好湖山。
墨花岂费催诗雨，只在凝眸一瞬间。

新正初六大王阁有见

大王阁畔白云深，人面桃花何处寻。

忽见梢头含欲放，一枝摇曳送春心。

晨　兴

天未明时鸟已鸣，声声唤我作山行。
拨开迷雾通幽径，自有春光伴一程。

希尔顿兰亭雅聚

兰亭今日有茅台，更置豪情入酒杯。
招饮已成诗客癖，好吟还待醉翁来。
登楼捕月犹能句，踏水穿云亦可裁。
最是觥筹交错处，阳春白雪尽悠哉。

点绛唇·重游黄牛埔公园揽胜

旧地重来，惊疑不复当年境。彩虹桥檠，幻出桃源景。

极目清湖，千碧交相映。波心静，谁同寻胜。白鹭双双影。

青玉案·题"诗家清景在新春"

风光如碧天如镜。暖烟里、花相映。一路行来风不定。何妨踏遍，等闲弄影，过尽香车径。

倚红环翠都心领。何处红深自心省。莫负春光赊好景。水村山馆，花明人静，把酒呼陶令。

玉楼春·题回龙庵碗莲

红白不沾青浅浅。碗里凌波娇欲颤。回眸如织看花人，可有当年曾识面。

一瞥无情游客远。去住人间天不管。不成绮梦更无言，唯有风来留缱绻。

满江红·谷雨感怀

燕尾莺喉，正妆点、暮春时节。望平野，千峰环翠，万重清越。谁惯春雷催雨粟，且看红紫争琼阙。惜韶光，当此试新茶，融香雪。

观云起，心尘歇。寻佳致，情犹惬。对雨生百谷，襟抱休说。十里烟光容我醉，一川草木同清绝。恨子规，只解送人归，声声切。

侯吉祥

　　吉林人，大学中文专业毕业，中华诗词学会会员、广东中华诗词学会会员，东江诗社副社长，北京《诗词百家》杂志社广东东莞工作站站长兼特约编辑。诗词作品大多在《中华诗词》《中华辞赋》《诗刊》等国家级和中央级诗词刊物发表。

题壶口瀑布

直下昆仑不复还，玉壶倾泻起云烟。
湍流喷雪银河醉，乱石飞珠素练悬。
声震金堤雷贯耳，水通泽国浪翻天。
登临此地诗情切，抚景酣吟唱大千。

游惠州西湖

一湖明澈绽新荷，清水粼粼泛碧波。
九曲桥头浮倩影，六如亭畔望仙鹅。
闲临玉塔幽怀远，静揽花洲爽意多。
拜谒文豪寻宋韵，孤山吊古忆东坡。

游华阳湖

徜徉湿地醉明眸，潋滟湖光一望收。
月亮湾中摇细浪，华阳塔下泛轻舟。
闲临水色澄怀阔，静嗅荷香爽气浮。
伫立船头耽野趣，渔歌萦耳笑声稠。

游东莞植物园

满目葱茏草木繁，一湖明澈水潺湲。
悠长花径蝶蜂舞，茂密林中鸟雀喧。
静览韶光寻野趣，闲临佳景访名园。
身离市井高怀阔，驻足低吟雅韵存。

岭南踏青

草木葳蕤掩绿荫，无边春色好行吟。
登高漫赏晴光远，举目遥瞻花径深。
静倚青山消倦意，闲撩碧水涤烦心。
抒怀且把真情寄，对景裁诗赋雅音。

咏　荷

雨过莲塘爽气徊，仙姿招蝶引蜂来。

绿苞滴露清魂蕴，粉蕊凝香笑靥开。
留得花繁存雅洁，出于淖污绝氛埃。
芙蕖神韵千年赞，久著嘉名不费猜。

南天湖白梅

神象山头气象清，斜枝疏影自纵横。
风摇香雪春光近，花舞幽姿秀色呈。
仙骨凌湖添淡雅，冰魂映月接蓬瀛。
一身高洁消尘念，翘首南天别有情。

中元节思母

今宵遥祭忆萱堂，一世劬劳两鬓霜。
灶上躬身浮瘦影，灯前走线理寒裳。
怀亲远念情难尽，对景轻吟意未央。
翘首家山千里外，南天遥拜泪成行。

"龙门杯"全国诗词大赛获奖感怀

老来寻梦入清流，拙笔勤耕乐唱酬。
对月闲吟情未已，挑灯细酌绪难收。
身居莞邑萦乡思，魂系龙门豁远眸。

倾慕先贤追李杜，裁云织锦韵悠悠。

沁园春·礼赞东莞

古邑名城，独领先机，隽誉飞扬。赏南天炫彩，旗峰叠翠；东江泻玉，莞草飘香。泛海观澜，风鹏正举，傲立湾区拥四方。临仙地，尽藏奇毓秀，佳气苍茫。

历经百载沧桑，喜今古勋贤浩气长。叹可园揽胜，尚存遗迹；虎门御寇，曾现刀光。智造新都，蜚声寰宇，凤翥龙飞百业昌。抬望眼，正宏开盛景，赓续辉煌。

徐官威

中华诗词学会、中国楹联学会会员，中华辞赋理事，粤港澳大湾区中华诗词文化促进联谊会副会长，广东楹联学会理事，深圳市长青诗社顾问，东莞市诗词楹联学会顾问，东江诗社执行社长，清溪镇文联副主席。作品散见于《诗刊》《中华辞赋》《中华诗词》《星星诗词》等。

清溪聚富路有题

驱车行大道，来往亦匆匆。
楼接长天近，桥连四海通。
春潮新得雨，泥路早随风。
聚集繁华地，谁家不富翁。

秋游银瓶山观光有感

独自登山去，年高志未休。
蹬梯寻大美，步履探奇幽。
泉暖飞云近，花香宿鸟投。
风光无限好，逸韵复何求。

清溪河之夜

明月初升夜，闻蛩断续歌。
沿溪鱼自在，盈眼柳婆娑。
堤上谁吹奏，花前人拍拖。
更听云外曲，佳丽舞星河。

喜见禾雀花开有题

新春能几日，容占大王山。
信步青青绿，观云淡淡闲。
拨开萝密处，喜见雀花颜。
我自闻香醉，陶然坐忘还。

咏大王山禾雀花

串串雀衔枝，藤箩绿满篱。
风高摇蝶翼，雨落胜荼蘼。
一剪春芽动，三山野趣奇。
骚人今又约，此处好题诗。

银瓶山行有题

雨后看苍茫，秋花一路香。

蝉鸣声婉转，瀑练韵悠扬。
入霭青峰隐，通幽石径藏。
千层浮翠影，回首觉清凉。

银瓶山远眺有感

爱向银瓶立，悠然看莞城。
路桥通地阔，楼宇接天平。
南岭千峰翠，东江一水明。
忽闻林鸟唱，正好是春晴。

走访铁场村有感

天蓝云自净，山水有人家。
围屋新清韵，邻庵古战沙。
荷香犹细细，竹翠复斜斜。
日暮轻烟起，归途带晚霞。

云溪桃花源有题

漫步桃源里，云溪别有天。
群峰环树翠，一水润花妍。
日映荷疑画，鸟鸣境若仙。

茶中多逸趣，静坐听流泉。

荔香诗社成立五周年

秋高山水阔，盛世总清妍。
逸兴吟家国，纵情畅楚天。
风生林鸟唱，雨过岭云绵。
五载耕耘志，荔香欣向前。

聂云珍

女，现为中华诗词学会、山西诗词学会会员，山西杏花诗社社员，晋中诗词学会副会长，紫云诗社副社长。晋中作家协会会员，著有《芸窗寻韵》。

早 春

一窗晴丽日登楼，过柳寒风略带柔。
鸟悦喧林时入径，河开照影欲乘舟。
流年莫道韶华恨，话旧何妨寂寞俦。
有问今朝春甚好，劝君三月下扬州。

暮春即事

无关风雅任西东，青眼行歌醉绮栊。
修竹空庭春尽早，流觞绿水月明中。
欲求骥尾吾相附，却类江郎事未穷。
向暮云霞恰如意，远山一处正飞鸿。

榆次长凝玉盘落珠

浩瀚烟波梦里秋，瑶池澄镜漾轻舟。
临空掠影飞珠彩，近岸潜鳞逐渚鸥。
千顷铺开千气象，一湾成就一风流。
几曾回首长兴叹，涂水新潮纵远眸。

晋　祠

梦绕清泉尽自流，思从对越漫夸楼。
祠昭三绝灵光显，径造千林古木幽。
檐角神龙出城阙，台前水镜阅春秋。
闻歌还续南风颂，余兴桐封说晋侯。

过临高海南解放公园瞻仰烈士丰碑有感

缅忆英豪践此行，神谋势利两功成。
智通邦计驱劲敌，妙合天机踏里程。
寓目丰碑仍热血，悲歌壮节总深情。
百年灯塔千帆过，阅尽沧桑望海平。

莫柳娟

女，东莞市麻涌镇人。广东中华诗词学会会员，东莞市诗词楹联学会理事，东莞市白玉兰诗社副会长，东莞市诗词楹联学会麻涌分会会长。

登银瓶山

天路离尘去，林深日影浮。
云腾头顶起，月合掌中收。
问偈适何处，忘机消欲求。
烟溪身畔过，荡涤恰清流。

柳

曲尘生水面，轻拂晓风柔。
银燕穿帘幕，霏烟笼客舟。
情多添别恨，意笃惹春愁。
倚遍长亭外，谁人忆旧游。

咏　竹

劲挺拂云端，风翻鸣丽曲。
烟凝一径幽，雨洗千竿绿。
偏爱伴书斋，何妨遗世俗。
虚心悟淡然，瘦影清如玉。

华阳湖秋晓

半浮曙色半朦胧，万里湖天入画中。
啼鸟数声惊晓梦，隔堤疏柳醉金风。

看　花

华阳湖畔小桥西，妍媚千娇弄影低。
眼底春光犹可爱，寻花未必武陵溪。

枯　荷

残妆矜立水中天，一种疏慵入画笺。
瘦尽西风摇傲骨，寒生素韵逐流年。
浮名几许惟身外，清梦何妨尽枕边。
今日陂塘归寂寞，独余苍鹭舞轻烟。

武陵春·黄皮花开

莹玉枝头开烂漫，宿露浥纤尘。似麝如兰细细熏，解引蝶纷纷。

不羡桃红颜色好，更拟守天真。澹荡相亲有白云，一梦醉深春。

浣溪沙·访最美莞香树

绿鬓扶疏巧弄妆，琼姿细蕊簇鹅黄。同春八柱衍幽芳。

月气氤氲添润泽，风丝浮动荐清凉。百年乐道女儿香。

鹧鸪天·"超盈杯"龙舟锦标赛

十万旌旗映碧天，柳堤鬓影接摩肩。鼓催飞桨乘风疾，浪逐狂歌带雪翻。

情不老，梦能圆。离弦一箭足堪叹。欢呼雷动冲霄汉，入海蛟龙载誉还。

郭丽媛

女，中华诗词学会、山西诗词学会会员，山西杏花诗社副秘书长。曾在《山西日报》《太原日报》《太原晚报》《经济师》《税收与企业》《理论学习》等报刊发表文章，出版《行走与感悟》文集。

过太原白云寺

白云飞渡月无台，净业清凉观世来。
袅袅梵音风有信，清莲九品佛前开。

喜获晓丽新诗集《诗韵心声》

日暮书斋展笑眸，随云步月乐悠悠。
闲吟浅画王家女，山右江南赞未休。

访山西省立川至医学专科学校旧址

一脉先天万古传，百年人道此精专。
中西合璧群贤聚，新旧连枝诸子延。
大抵神仙真药圃，也须方寸有丹田。
自然得法皆通妙，志在心明与理全。

过石岭关

山险何当万仞悬，崎岖关隘古今连。
岭横东野洞门暗，路纵北窗坡陡旋。
天外有时成雁阵，客边无伴是狼烟。
如流岁月销前事，通达平途忆往篇。

南歌子（双调）·小寒

早看炊烟淡，流云展素笺。冰封落笔画窗前，
鸽哨穿梭堪比噪秋蝉。

偏爱南来雁，酣游醉意先。飘飞白雪梦中欢，
岁月笑谈诗蕴藉春天。

摊破南乡子·岳麓书院

忆矗立千年，湘江岸，学府擎天。道南一脉门
生誉，精磨智者，研经穷理，百代文泉。

正楚地良田，从头越，满圃书仙。清风古树弦
歌绕，韶华启后，切磋砥砺，岳麓新颜。

桑 舒

女，渝人居莞。中华诗词学会会员，东莞市中华诗词学会常务副秘书长，东莞市白玉兰诗社副社长。重庆诗词学会会员。

海

浩浩气无边，浮沉揽地天。
百川归一统，空寂绝尘烟。

丁 香

一念感花开，冥冥飞如雪。
随风逐玉台，漫把愁思结。

玫瑰花蜜

眼底花争发，依篱而自居。
庖丁馋欲滴，女子泣相屠。
解甲色犹雅，氤香韵独舒。
惟钦图一醉，广潆作飞鱼。

谷 雨

细雨湿瑶塘，荷尖匀小绿。

蛙鸣至五更，何以论孤独。

春燕剪飞红，麦芒堪醒目。

清风舒郁快，不使眉头慼。

晨 行

玉珠一串洽新翠，栖鸟嗔吾扰梦飞。

梵唱如歌传野寺，试尝安步享轻肥。

春过铁佛寺

一墙梅影出红尘，禅榻修成性自真。

间或东风吹作雨，来生还可认花身。

过佛岭（雁格）

陋身自在野林间，健步苔阶恰少年。

彩蝶通灵将客绕，木荷滴梦任君牵。

殷勤岁月酬山水，试辟洪荒作玉田。

宝磬穿空频过耳，豪情几许向云烟。

甲辰暮春南下有题

报晓鸡声向一隅，谁家客子踏征途。
年来光景难堪寄，别后春风似有无。
淡雾如迷村渐失，残香欲坠蝶空扶。
乡愁未解羁愁起，过眼青山不忍呼。

少年游·晨行

平明睡起日初晴，游兴宛然生。粉团列仗，冷香暗锁，深树古苔青。

谁将心事藏野院，空惹鸟争鸣。一挂春藤，入门附耳，依壁细聆听。

醉花阴·癸卯重阳

芦雪合风吹未散，湖上烟波乱。乱也不曾言，只待重阳，试把秋心挽。

宴歌一曲消金盏，醉里胭脂软。乘兴上高楼，银月当空，独向人间看。

常立英

笔名兰心，女，山西晋中人。中华诗词学会、安徽省散曲学会、山西诗词学会会员，晋中诗词学会副秘书长，榆社诗词学会副会长，紫云诗社社员。作品发表于《中华诗词》《中华辞赋》《当代散曲》《长白山诗词》等多家诗词刊物。

谒高禖庙

神祇逾远岁，古木自婆娑。
题壁呈云篆，开山引绛河。
垣墙余润近，宝殿饫闻多。
抟土成佳配，菟丝结女萝。

过卜子夏祠

山门访师圣，千载令闻多。
负箧离东鲁，歆馨著绮罗。
博关传至道，高论自巍峨。
感此同瞻拜，归吟寄浩歌。

过绛州龙兴寺

石磴萦回叠万重，高崖岭北觅遗踪。

烟腾塔顶千年月，碧落碑前一径松。

吉地有灵栖胜景，丹书无愧拓心胸。

盘桓历久空留念，别去堪怜岂再逢。

鹧鸪天·谒绛州文庙

日影丹霞映玉阶，圣颜敬仰触诗怀。神灵有象
昭明德，礼乐无穷振海涯。

寻遗迹，访兰台，泮池古树影相偕。天开宝鉴
千年运，共约虔诚自北来。

山亭柳·过裴介村

连日高云。华表列重门。兰苑内、访奇闻。眼
底殿檐如画，望中楼阁惊尘。至孝精神尤在，拜谒
英魂。

昔时豪杰争驰逐，长留盛誉泽灵芬。休追问、
甚前因。纵有青山常在，只留老母相邻。值此尊前
一拜，难述殷殷。

曾颂平

笔名苹果，号三省轩主，东莞市清溪镇人。东莞市作家协会会员，鹿鸣诗社社长。东莞诗词学会樟木头分会副会长，中华诗词学会会员，广东、东莞诗词楹联学会会员。诗词作品在《星星诗刊》《神州乡土诗人》《诗词百家》《香港诗词》等杂志发表。

暮 年

风飘细雨任横斜，汲取清泉好煮茶。
偶也弹琴笺作画，闲来无事种兰花。

旭日荷塘

风摇菡萏显芬芳，红绿相依着彩妆。
嫩蕊初开陶醉客，凝珠碧日闪银光。

咏黄江荔枝

嫩滑香甜人自痴，红霞深处肉甘滋。
岭南百果佳珍品，最忆黄江鲜荔枝。

游黄牛埔水库三首

一

水库风光一眼收，青山叠翠景清幽。
怀春白鹭呼情侣，听得游人脸泛羞。

二

百福随行赏碧流，苍茫山色景幽幽。
迷人自是湖心上，翠鸟争飞豁客眸。

三

雾漫湖心泛紫烟，眸光极处接云天。
隔山白鹭啼声起，一对凌空在比肩。

夜 思

夜月临窗桂满枝，遥望云影起相思。
更阑不得卿来伴，独坐沉吟且读诗。

咏 梅

瘦骨寒枝立谷中，冰姿款款唤春风。

南天湖畔晴光好，万树梅花映日红。

春 花

上有青云下有花，水穷坐等满天霞。
风吟耳畔传春讯，私语迟归起薄纱。

柳

细腰常拂水临妆，不肯容颜困此塘。
只怨风描云外景，轻佻柳絮即飞翔。

廖建光

广东省东莞市凤岗镇五联村人。在深圳国企工作至退休。中华诗词学会会员，东莞市诗词楹联学会凤岗分会会长。

雪中梅

梅树飞花雪不知，开春岭下最情痴。
芳心碎落三千瓣，片片香魂亦作诗。

立春有题

冬去春来暖意生，东风吹绿草含萌。
燕飞万里知天早，雨润田园好作耕。

东坡祠有题

流放鹅城苦远行，三冤三上为民耕。
初心不变诗情性，烟雨披蓑任此生。

教师节有感

三尺讲台知识酬，一支粉笔写春秋。
门前桃李满天下，白发银丝已露头。

凤岗客家山歌

山歌竹板闹洋洋，龙凤擂台唱一场。
哥必领头撩惹起，妹摇凉帽笑和长。

"筑梦凤岗，放歌五联"采风有记

花穗园龙山映红，引来骚客赋诗风。
凤岗筑梦春秋事，乐采五联村史中。

赞省政府"百千万"高质量发展工程

傲骨梅花纷谢冬，岭南大地唤春风。
宏图市镇百千万，村步台阶级级红。

侨中七二届师生大聚会有记

十月金秋送惠风，诸贤会聚恋侨中。
峥嵘半百梦圆史，不负韶华傲碧穹。

凤岗诗词书法颂

狼毫未洗砚勤磨，舒袖轻轻束绮罗。
落墨生风穿纸背，灵思吐玉筑情窝。
奋书如画云中燕，狂草犹吟海上波。
浓淡刚柔无限意，平横撇捺颂山河。

庆祝中国共产党成立一百〇二周年

几多血染党旗红，马列遵循献赤忠。
锤子敲除群众苦，镰刀收割稻粮丰。
呕心沥尽谋良策，裂体抛颅立硕功。
出自人民鱼靠水，百年炼得大英雄。

寶山頓送暖湘和曉桃春珠串
朱連橋雲井入景巡勾帥人語妙
喚問物華新緣文期圖畫惠民生
策箕

咏黄江五律一号 王晓丽诗並书

岭南新歌

笑时犹带岭梅香

——苏轼 《定风波》选句

谢玉清国画《芳华》

李谷平

　　女，中学高级教师，2014 年退休于东莞市黄江中学。祖籍河南，在东莞工作生活 30 余年。部分作品在《南北作家》、《小雪》、《苏州文学》、《现代诗美学》等杂志及"岭南作家""世界诗歌网"等网络平台发表。

钥匙扔进了黑洞

蝌蚪　蟋蟀
锁起来
天上的云
也锁上
蔚蓝的大海
通通锁上
把所有的东西
连同自己的心都锁起来

一个漂亮的弧线
钥匙就进入了
穹宇中的黑洞

尔后
开始了寻找钥匙的旅程

星

仰望夜空
终于找到属于自己的那颗星
不暗
也不明
时不时眨一下眼睛
诉说着只有自己知道的事情

一个消失的生命
曾经居住过你的子宫
曾留恋地球
渴望在熙来攘往的人类中穿行
铁钳
对，是那把冰冷的铁钳
硬生生把我抛向太空
我蹲在穹宇的一个角落
流泪　因悲痛而哀鸣

我俯视寻觅
寻觅着你的踪影
那是你吗
忧伤而又憔悴的面容
我感觉到了你失去我的痛
你背上的十字架似乎不轻
放弃吧
放弃该放弃的一切
让灵魂和我一起升腾

仰望夜空
那颗星还在眨着眼睛

风知道

我突然死了
死在与海平面 45 度夹角的平面
两个轮子在一旁呻吟

天使与死神较量
天使胜出
死神从门缝溜走
留下变了形的我

天使用铁钳　锤子
还有一把锋利的刀
把我修复

我抖了抖翅膀
对着东方的太阳微笑

李 波

李波（李厚尧），笔名李三哥，江苏省徐州市人，来粤 30 年，私营企业主。爱好文字，有诗歌散文散见于杂志报纸及网络平台。

雨

有人骂洪水泛滥，残害苍生
有人说天降甘霖，润物无声

千万年来
雨似乎没有听

就这样
想下就下
说停就停

雪花

你是江南的烟雨

你是尘世的明月
你是城市的灯火
你是二十四桥明月夜的玉人

我在几万米
孤寒的高空
躲在一朵云的后面
欢喜着你的欢喜
悲戚你的悲戚

当有一天
我纵身一跃
飞驰着奔向你
你静静地回头

我却错过了你脖子上的红丝巾

落在你身旁
无声

一条鱼的命运

一条鱼

在一套闲置两年的房子
大大的鱼缸里
被发现
水已很少
鱼差不多还是两年前一样多

没有作家想深入挖掘
鱼这两年的生活
700 多个白天和黑夜
吃什么喝什么
有没有感到孤独

鱼终于获救了

主人把它放入新的鱼缸
有供氧及喂食

然而它却在 23 天后死亡

荔香诗报

李雪晨

陕西省咸阳市人，荔香诗社社员，东莞市作家协会黄江分会副主席，东莞市作家协会会员，东莞市青工作协会员。作品散见于《中国诗歌网》《中国现代诗选》《南粤诗刊》《华南诗刊》。

新美黄江

在祖国的航空、航天、航海领域里
有一种元素叫做黄江制造
它们就是安世技嘉、领益正扬
清洁能源的每一次释放
智能芯片的每一次组装
都在推动着东莞经济的飞速增长
这就是科技黄江

水墨丹青在宣纸上留香
写满黄江的人文时尚
文人墨客的飘逸饱蘸进狼毫
在整个岭南掀起黄江文化的巨浪
美术馆里的每一幅作品都值得典藏

这就是文化黄江

巍峨峻秀的宝山是墨绿的屏障
鸟儿在蔚蓝的天空自由飞翔
蜿蜒的绿道上一路鸟语花香
翠湖的鱼儿甩尾碧波荡漾
青石上垂钓的老人如同最美的雕像
这就是风景黄江

公常路上日夜穿梭着各种车辆
每一个集装箱都在承载着全球的希望
地铁一号线即将全线贯通
天集·磁海产业园已动工开张
标志着黄江腾飞的号角已经吹响
这就是未来黄江

无论从什么角度出发，用什么标准衡量
你睿智的目光都会发现
黄江永远都是岭南夜空中最亮的星
散发着璀璨夺目的光芒

荔枝与诗

从杜牧的《过华清宫》里
我读到了一首和荔枝有关的诗句
于是追觅着驿路上飞逝的铁骑
穿越千年的轮回我来到了岭南大地
只为诠释一个和妃子笑有关的命题
只为见证一个与水果相关的传奇

在那荔花飘香的黄京坑里
一个老人给了我一把锄头
说，只要将心留在树下
待到枝头结出果实的时候
你就能读懂贵妃笑容的艳丽
你就能明白李白斗酒赋诗的豪气
你就能看透《长恨歌》里的白居易
不过，你不用像苏轼那样日啖三百荔
宝山上随便摘下一颗荔果
那醉人的醇香都有写不完的诗句

不是所有的水果都有文化
也不是所有的美味都令人痴迷
更不是所有的诗句都能沁人心脾

唯有与心灵共鸣的强音

唯有对荔枝与诗执着的爱

才能感受到山川河流的呼吸

才能参透佛性禅心的意义

也只有代入每一位荔枝诗人的角色

才能真正地体会一首诗

一千多年以来为何才写下了一句

就足以让后人膜拜铭记

每当荔枝红了的时候

人们都会将美人与诗想起

荔香诗会

打开秋高气爽的界面

挽系一抹流云在层林尽染

鸿雁送来种荔老人的邀请

我们乘着稻浪飘香的秋风

从天南海北相会在荔香庄园

春天我们曾在荔园里面

种下了一行行诗词

今天终于到了检阅收成的时间

把唐诗打开

对号入座那一个狂浪不羁的角色

把酒当歌，这一刻你就是李白

纵然是天子呼来也不上船

把宋词拿出来翻看

众里寻那个多愁善感的你

对月吟唱，这一刻他就是苏轼

从三百颗荔枝里也能吃出了个灵感

把杂曲也吹拉弹唱

起舞翩跹，这一刻她便是玉环

回眸一笑的风情醉倒了如画江山

这是值得庆祝的一天

酒杯与明月相互碰杯

同敬我们的荔香诗社五岁华诞

这是个值得纪念的瞬间

笔杆与灵感相互共鸣

赞美我们诗人共同的心灵家园

这注定是一个激动无眠的夜晚

精彩纷呈的节目在天地大舞台上演

多元化的表达方式打开了这盛世狂欢

我们大声放歌繁荣昌盛的祖国

赋诗咏叹美好幸福的明天

美丽的东莞

李 敏

女，湖南人，现居广东省东莞市黄江镇。黄江荔香诗社社员，黄江朗诵协会会员。部分作品发表于"世界诗歌网""中国诗歌网""诗日历"。喜欢阅读、朗诵、写作，立志做灵魂有香气的女人。

我要呐喊

我渴望，我的呐喊声被听见
我渴望，像梦一样的自由
经常在梦里喊出你的名字
可今夜没有人入我的梦里
我想对着大山呐喊
山谷里久久没有听到我的回音
我想对着大海呐喊
我微弱的声音被涛声掩盖于海底
海底世界听不懂人的语言
我想站在人群中倾诉
却没有我站立的舞台
我像疯子一样自言自语
在病态中呻吟

我的呻吟声被寂静的夜吞噬
我只能在梦里想象着我的自由
在梦里尽情发挥我天才般的表演
我可以是小丑
可以是天使
甚至，我也可以是自己虚幻的英雄
我尽情地想象着
呐喊着
直到我从梦中醒来

独坐

你说，你喜欢独坐
任思绪飞扬
寂寞不曾来打扰你
你在文字里徜徉
在音乐里寻找安慰
在绘画中静心
想起难以抹开的伤痕
心口就隐隐作痛
你怀想起北国的雪
乡愁如决堤的洪水
那一刻

一个被岁月掏空了的身影在脑海里盘旋
想起念念不忘的江南
江南的小桥流水人家
青石板路
款款而行的乌篷船
常被梦挽留
断肠人还在天涯
想起她
你的眼里闪着金光
心里默念着一个名字
独坐
让你完全沉浸在一个人的世界
天马行空似的

生活

整个白天
她忘了自己
身体如运行的机器
与冰冷的数据对话
指间穿梭在字母和数字之间
心里盘算的是对与错，得与失
拉扯、废话连篇是每天的行程

到了晚上

她消停了

黑暗的夜晚泄露了她陡峭的内心

整个晚上

她的双手是空的，冷的

把柔软的枕头翻个不停

杨伟萍

女，笔名沉静，江西井冈山人，现为东莞市作家协会会员，黄江文联副秘书长，黄江作协理事兼副秘书长，黄江朗诵协会理事，荔香诗社社员。部分散文收录在《黄江，那些行走的记忆》《追梦》作品集，部分诗歌收录在《宝山诗韵》诗集。

幸福的流浪

一叶扁舟
漂泊在茫茫的大海上
疲惫不堪
失去了动力
找不到方向

迷失的风筝
在孤岛的树枝上摇曳
无比寂寥
时刻幻想着逃离
哪怕去流浪

终于
扁舟漂到了孤岛
善解人意的风
遂了风筝的心愿
于是
风筝成帆
牵引扁舟
快乐启航

从此
同向远方
去天涯　　到海角
幸福地流浪

父亲的扁担

今天是除夕
父亲张贴好对联
放了爆竹
又忙开了

母亲张罗了
一大桌的美味佳肴

团圆饭后
父亲点了一支烟
随后就拾起小刨子
坐在板凳上
一心刨制起新的扁担

我知道
年近古稀的父亲
依然还有清晰的计划

父亲的扁担
一头挑起快乐
一头挑起希望

失眠

午夜
一匹脱缰的野马
从毫无睡意的眼皮里窜出
在记忆的草原上狂奔　仰天长啸

疾风卷起岁月的尘土
裹着剪不断的思绪

犹如一只不知疲倦的青鸟

奋力追逐壮观的日出

罗新保

字新宝，陕西西安人。东莞市黄江中学教师，东莞
市作家协会会员，黄江镇作家协会会员，荔香诗社会员。
出版作品《揭阳与诗歌》等。

露营

锃亮的蓝天下
明媚的春光里
渲染的草坪上
一朵朵云彩般小帐篷拔地而起
帐篷内打好地铺
软绵绵的凉快舒适
躺进去绝不输给温馨的大厦

篷外放一张折叠小桌子
再添几把折叠小椅子
又补几个折叠小凳子
这些全部折叠起来可好啦
好啦后也可以随时放进汽车里
一家人围坐起来享受享受

大自然赋予的美好时光
就是对幸福的完美诠释

朋友们也来围坐起来
摆几碟小零食
尝尝舌尖上的中国
煮一壶功夫茶
让它咕嘟咕嘟滚动一会儿
茶香随着皑皑的水汽溢出
眼看着让春风把它送入鼻腔
再来感受传统茶文化的魅力
这种吸引力呵呵呵呵……
绝不亚于万有引力定律
让你久坐而懒得移动

稚子在帐篷里钻来跑去
大人们坐下来聊聊天
侃侃眼前湖水的碧波如洗
望望远处的白鹭翱翔
看看水岸的青草浮动
谈谈生态的秀美如画
论论和平来之不易与重大意义
想想国家的复兴伟业……

你会当凌绝顶

看看山坡的草坪上、湖水旁

树荫下、钢桥下、花田边

一朵朵小帐篷

如五颜六色的花儿美不胜收

这就是露营里春的生机

八一建军节

我很喜欢这个节日

但我不是军人而是百姓

喜欢中国军人挺拔的身姿

喜欢中国军人无畏的精神

喜欢中国军人忠诚的高度

喜欢中国军人担当的品质

……

无论怎样说

我就是喜欢八一建军节

因为每当看《新闻联播》

庆祝这个节日时

他们——最可爱的人

还在为保卫祖国

时刻练兵备战——国家忧患

这是我军的优良传统
回头看看
这支军队为百姓做了什么
你就知道我为什么喜欢这个节日

南昌起义打响了
党的军队诞生了
不拿群众一针一线
为人民服务无私奉献
为建立新中国是他们忠实的使命
与日军浴血奋战八年
与国民党拼杀三年
与土匪恶霸打斗数次
毛主席站在天安门城楼宣布
中华人民共和国
中央人民政府今天成立了

接着我们党领导的伟大军队
又跨过鸭绿江"抗美援朝"
派兵团保卫建设新疆
带领人民开荒种田
都是为了百姓过上好日子
新中国成立了我们富裕了

九八抗洪

汶川地震救灾

每当大灾过后您最美的睡姿

感动了无数百姓

他们在背后悄悄地抹去泪水

当他们离开时百姓们送

家里的鸡蛋、妈妈的饼子

……他们都不要

——不拿群众一针一线

保卫祖国

保护我国主权和领土完整

维护世界和平

保障我国经济持续健康发展

离不开我们党领导的人民军队

向军人致敬

萧仿灵

广东梅州人，1988年在黄江工作和生活，爱好广泛，喜欢用现代诗表达自己的所思所想。东莞市作家协会会员，黄江文联副秘书长，东莞市作家协会黄江分会秘书长，黄江荔香诗社秘书长。

墙头草

我没得选择
也来不及思考?
为啥会来到这个贫瘠的地方?
一到萌芽期就安家落脚
阳光正好
可水极少
是风将地面的细土卷来为我披衣
是风将天上的云摘下给我湿润嘴角
感恩啊
还是风对我最好
所以
每当风来看我
我都弯成探戈的舞姿

让她搂我细细的腰身

袜子

有一只袜子叫丝丝

高挑细嫩健康色

被收藏十年有余

一次又一次地

丝丝让她想起那段幸福

穿着高跟鞋花短裙的她

在红绿灯旁崴到脚

男友火速抱起她通过斑马线

在凤凰树下的石凳上

为她脱掉袜子做拉伸再轻揉

回到家时

才发现脱掉的袜子没有收起

男友打着手电筒去找

尽管已经用心

还是没找到

从此丝丝就一直单着

她有时也会想给丝丝配对

然而

船袜太矮

毛袜太肥

裤袜已经成对

其他

不是长得丑就是长得黑

还有一些是丝丝看不上他的气质

丝丝又被装进一个标注了日期的信封

锁进密码箱里

此时

丝丝开口了

谢谢你

让我单得如此高贵

夏荷

你举的不是伞

是豪气的酒杯

举着夏一样的盛情

邀火辣的太阳

邀温柔的月亮

邀飞舞的蜻蜓

邀清脆的蛙鸣

邀来我的好奇

加漫空不速之落尘

云为你斟酒

风劝你干杯

还没喝呢

你就似醉

将杯中的酒摇晃几圈

让鱼蛙喝去

原来你是用酒沐浴

喏

喝不喝酒没关系

你负责脸红

我负责醉

【创作手札】"出淤泥而不染，濯清涟而不妖"是荷的品质，其实"染"还可以来自空气中的尘埃，荷因表面的纳米结构而具有自洁的能力，但这能力需借助雨水和风来实现。在《众荷喧哗》中，诗人洛夫将荷叶看作是伞，而我觉得更像是红酒杯，酒杯与自洁关联起来，于是就有了《夏荷》。

跋

王晓丽

《荔香诗韵》即将付梓，掩卷回首，思绪万千。

这不是一本普通的诗集，是诗化了的岭南荔枝树，枝繁叶茂，果实丰美，彤彤映日，更是一朵朵盛开在中华诗词之树上的奇葩。

我有幸与荔香诗社结缘，是天意，又是必然，归根结底是缘于诗词。5 年前，由诗友介绍认识了荔香诗社的陈小奇和诗社的骨干陈锦宏、陈爱琼、毛小平等，心灵开始碰撞和交织，通过与他们近距离相处，我的诗词作品被大家认可，很快被聘为诗社总顾问，随后应邀参加诗社的各项活动，作诗词讲座、办诗词格律培训班以及担任微信平台"荔香诗刊"总编等。就这样，他们愿意学，我愿意教，我以心为笔，教大家学会平仄与韵律，教大家学会运用诗家语，进而投入激情创作。只是没有想到，荔香诗社居然能在 5 年后出版一本格律严谨的诗集。我为诗社取得如此显著的成绩而由衷高兴。直至今日，我的脑海里还时不时会浮现出他们勤学好问、酌字练句、谈诗论道等场面。陈社长在回顾荔香诗社发展历程时，总会提起我，我怎能不感动？因为我与荔香诗社是同频共振的。

这本诗集凝聚了荔香人的勤学深钻精神，表现了荔香人豁达开放的品格和争创精品的意识。全书分三个部分，一是《黄江风雅》，占总量的 1/3，是荔香诗社成员近年来创作的诗词作品，集中讴歌了黄江的绿水青山和家乡的幸福生活，从而表达了对家国的热爱之情，展示了黄江人的风雅和才情；二是《昆山采玉》，这是荔香诗社开放包容的直接体现，收集了东莞市及周边乡镇诗词领军人物的优秀作品，以及我的家乡山西诗人的部分作品，铺就了南北交流共进的路子，也是今后增进发展、促进交流的基础所在；三是《岭南新歌》，主要是为诗社部分写现代诗的诗友开辟的一个板块。

编辑此书的过程，与其说是一次与作者同欢、同忧和相互交流的过程，也可以说是一次心灵二次碰撞的过程。千余首诗的审稿、改稿及与作者多次交流，编辑校对，这些繁杂的工作我都是在炎炎夏日夜深人静时，和着汗水完成的，一字一句，耐心阅读，细心品味。于我而言，也是一次诗词知识的考量和检验。

《荔香诗韵》的出版，必将为提升黄江的文化软实力、打造文化强镇、繁荣莞邑文化发挥重要作用。我想，多年后，人们捧着这本来自岭南黄江荔乡的带着泥土和露珠、带着荔枝馨香的诗集，自然会称

跋

赞有加！这本书接地气而不失雅致，作品既保持了高雅的情调，又充满了生活的烟火气，生动、亲切、清新、超脱、意境自然而深远。

相信，诗与远方同样是荔香诗社的未来，我将与荔香诗人一道，用诗词咏赞新时代城乡生活，用诗词描绘城乡变迁与发展，大湾区的景色将在我们的诗句中变得越来越美。

9月份，荔香诗社就8周岁啦！这本书是献给荔香诗社8周年最珍贵的贺礼！8个春秋风雨无阻，八载岁月荔韵飘香。诗社从10多人到百余人，微信公众号"荔香诗刊"已发75期。荔香诗社在陈小奇社长的带领下，年年举办荔枝诗会、艺术沙龙、采风交流、迎春诗会、诗词大奖赛等活动，不断有会员作品登上国家级诗词刊物，并在省、市诗词大赛中频频得奖。荔枝年年有成熟，我们的诗社年年会有脱颖而出的优秀诗人。

一路走来，春华秋实，硕果累累。我虽然付出了自己的辛劳和汗水，但我更珍惜这份融融的暖意和收获的喜悦，由衷地为荔香诗社的丰硕成果而贺，为荔香诗社的灿烂前景而歌！坚持文化自信，传承中华优秀传统，将中华诗词这个瑰丽宝藏代代相传，是我们这代人义不容辞的责任和义务。苏轼的"日啖荔枝三百颗，不辞常作岭南人"早已融入我的心田，我把自己当成了荔香人，把荔香诗社的诗词培训、普及工作当成了我的一项事业来做。黄江是我的第二故乡，我为荔香诗社的发展和进步而欢喜！
为荔香人的好学上进而赞叹！更为荔香诗社的美好
明天鼓与呼！

　　祝贺《荔香诗韵》付梓，吟成一律：

　　　　岭南丹荔蕴奇香，树树皆含逸兴章。
　　　　临水澄怀唐宋润，登山遂梦月星量。
　　　　可观佳句从心笔，堪种玉田追夕阳。
　　　　捧出诗书霞正灿，黄江写意碧天长。

　　是为跋

　　　　　　　　　　　　　　2024 年 8 月 28 日

　　（作者系东莞黄江荔香诗社总顾问、深圳市诗词学会
副会长、山西诗词学会常务理事、晋中诗词学会会长。）